就算忙盲茫
我決定給
自己一點時間

나에게 시간을
주기로 했다

鴨子小姐——圖文

簡郁璇——譯

讓 時 間 慢 慢 走 的 魔 法

在忙碌的生活中練習走得慢一些……

在讀這本書時，好幾個瞬間彷彿看見了我的身影，時常生活忙碌起來會不小心亂了陣腳，或許我們都該適時地調整生活步調，學著放慢腳步感受一下生活中的美好。我喜歡書中的一句話「在眼前無數的來日中，有時會走得慢一些，有時也必須往後退，但閃閃發亮的日子必定會來臨。」

── 圖文插畫家　chichi

@7__diary

喚醒我們的慢速能力

曾幾何時我們開始日復一日忙碌得不可開交？當步伐快速的都市把生活壓縮進二十四小時裡，我們向上天許願能擁有四隻手與四十八小時，以賺取更多金錢，變成他人口中羨慕的樣子，卻忘了去珍惜生活中，原本能帶來快樂的那些細小而閃閃發光的事物。鴨子小姐喚醒了我們慢下腳步的能力。

── 故事作家　狼焉

@____wolf.____

我也跟著慢慢來

我們總是會想好下一步，緊湊的排好行程，不放過每一個能用的時間，卻忘了休息一下放慢自己的步調，看一幅畫、聽一首歌，就像鴨子小姐一樣，文筆多爲分享日常小故事，配合著小插圖，讓人會心一笑，不自覺地感到輕鬆呢！

── 圖文插畫家　酸下巴

@double_chin_draw

滴滴答答，是時間的聲音……

我們被時間追著跑，在繽紛熱鬧的世界裡，卻關著耳朵、忘了張開眼睛。這本書把日常剁成碎碎小小的，很細膩、很單純，也格外可貴。看它的時候，滴滴答答，就只是窗外細雨綿綿的聲音而已。

——四格故事插畫家 **馬卡龍腳趾**

@macarontoe

是該好好招待自己了

在平日喧囂中，還能如作者放慢腳步、留心身邊微小卻美好的事物，實在難能可貴，閱讀完這本書也提醒了我們——該是時候騰出一些時間好好招待自己，享受自然生活留給我們的愜意時刻了！

——少女系圖文創作者 **大福**

@_dafuuu_

也許偶爾放著不管比較好

在事與事之間為生活留點餘裕，在日與日之間給自己留點空白。本書中，輕輕的文字和悠閒的插圖，帶出每個人心中簡單美好生活的模樣。

——療癒圖文插畫家 **麵包樹**

@hibreadtree

因為，

還有很長遠、很長遠的路要走呢。

我決定，

要等自己一下下。

Contents

第一章

決定不要匆匆忙忙

宅女016｜只顧著考慮別人的一天019｜各自022

給予時間025｜慢慢來，慢慢來030｜海玻璃032

不感興趣034｜請放輕鬆！036｜咖哩038｜相似的人生040

需要來點甜的042｜我的第一罐無花果醬046｜在濟州島049

仰望夜空052｜刺繡054｜第一次056｜是怎麼知道的？058

小小的煩惱060｜順英062｜夜間散步064

用呼吸打造的安全地帶066｜自慚形穢的心態068｜車前草071

就是變得這麼輕盈074｜如細雨沾濕衣服般076｜必定078

第二章

因為，我們是一起生活

購買植物，與植物生活082｜待在鄉下085｜小心小心090

底片相機092｜度過了許多個夜晚 094｜為某人著想的心意096

只要爬上南山099｜喜歡細心的人102｜保溫便當 104

媽媽染髮106｜全家福照108｜投注時間的心意111

人是一本書114｜置身颱風中 116｜粗糙的安慰 120

當時那首歌122｜即便不表現出來125｜兩個圓 128

喜歡的人，曾經喜歡的130｜久違的花盆漫步132

真的很討厭這種人134｜我的弟弟東載136｜還沒準備好138

自己的人生141

第三章

累積不完美的日子

如植物般146｜熟能生巧149｜夢想 152

不斷去戳弄的野心154｜當時那句話157｜就算說我小氣160

需要空間162｜被摺起來的記憶164｜不聯繫的關係166

獨影愛好者168｜心的形狀170｜無法再次相同172

令人後悔的話174｜微妙又奇怪的心情176｜夜晚迎面襲來178

親暱的標準180｜真正的我182｜成熟的直率184

自炊生活的妙招186｜摩托車188｜無法習慣的190

兩種人生194｜空虛196｜窗外的風景198｜什麼樣的心情200

第四章

心潮澎湃

就算不去催促204 ┃ 早餐208 ┃ 心潮澎湃210

全然信任213 ┃ 你夢想的是什麼？216 ┃ 天空的本性218

因為很開朗、很溫暖222 ┃ 我真的以為是這樣225

禮物的完成式228 ┃ 輕鬆就變年輕的方法230

從簡單的事情開始！233 ┃ 做給妳們看236 ┃ 什麼都不做239

想見的心情242 ┃ 只是朋友244 ┃ 人生的所有畫面246

回憶恰似蜂蜜248 ┃ 耀眼的青春250 ┃ 計畫，就是沒有計畫253

抗噪256 ┃ 仔細藏好258 ┃ 下雨時260 ┃ 並不理所當然的事262

Epilogue 264

 第一章

決定不要匆匆忙忙

宅女

　　我是個宅女，就算好幾個禮拜不出門，一直待在家裡，也不會萌生「好無聊」的念頭。但是，這種傾向有個致命的缺點——越接近與人約定的日子，就越覺得神經兮兮！每當有喝茶、吃飯、喝酒、看展覽或聽演講的行程時，內心的某個角落就會出現這種念頭。

真希望約會可以延後，拜託！
真希望會聯絡我說要取消，拜託！

　　問題並不在於對方是誰，無論是和非常要好的朋友通電話，講到興高采烈時說好的約定，為了工作要和客戶開會，或是要去看我非常欣賞的作家的展覽，走出家門的行為本身都會讓我感到疲勞。可是，對方完全不會察覺到我有這種傾向，因為出門之後，我就會表現得興致很高昂，雖然實際上也真是如此。

就在幾天前，朋友問「沒有忘記我們有約吧？」時，我還說：「當然！」回答完之後，自己卻像是要被拉去哪裡般，勉強洗了個頭，腳步沉重地走出家門。搭上社區小巴之後，我一邊想著「天啊，這裡多了一家馬卡龍店！」「原本在這裡的照相館不見了吔！」一邊眼花撩亂地欣賞社區風景。和朋友見了面，也吃完飯、喝了茶，聽到朋友說要回家了，我還說「要不要喝一杯？」阻止朋友回家。雖然玩得非常盡興，當兩人要道別時，我仍用充滿惋惜的口吻對朋友說：「再找時間碰面喔。」但等到回到家躺在床上，我又忍不住再次心想「啊，我果然是個宅女」。

忘記和我之間的約定吧！拜託！

對熟悉的事物充滿了依戀

只顧著考慮別人的一天

　　我打算換個髮色，順便轉換一下心情，原先想好要染成淡粉色，卻突然想起了事先約好的幾場會議、課程和朗讀會等。

　　竟然頂著一顆淡粉色的頭朗讀，搞不好人家會把我當成奇怪的作家。

　　於是我一如往常染成深褐色，走出美容院，接著在回家的路上，走進了有幾件衣服吸引我目光的店面。店裡掛著上頭有可愛小熊與小碎花的淡黃色洋裝，我拿著衣服站到鏡子前比了一下，甚至還為了了解質料摸了好一會兒，但又萌生了另一個想法。

　　這看起來就像十幾歲少女穿的洋裝，我能穿嗎？會不會顯得我很想裝幼齒？

　　苦惱了好久，最後還是空手走出店門口。第三家走進去的是皮鞋店，各式各樣的鞋子應有盡有。我看中了一雙桃紅色鞋帶綁成蝴蝶結般、看起來滿高的楔形涼鞋，於是趕緊試穿後照了一下鏡子。

啊，好漂亮，不過三十五歲的人穿起來好像有點壓力？鞋跟又很高，一定很不自在。

　　就這樣逛了好幾家店，回到家之後，鏡子中的我穿著一襲黑色洋裝、藍色平底鞋，還頂著一顆褐色的頭。在家裡的衣服也大同小異，平凡無比。有人說，隨著時間流逝，就越以自我為中心，我的心卻老是畏縮怯懦。明明說要出門讓自己轉換一下心情，一整天下來卻只忙著顧慮別人。

　　話說回來，洗完澡躺在床上後，腦中的淡黃色洋裝和桃紅緞帶楔形涼鞋卻變得越來越鮮明。

　　要是有人買走怎麼辦？

我也好想邊環遊世界邊作畫～

去做不就行了？

年紀也不小了，總是會想東想西。

我認識的姊姊比妳大十歲，

但她一年前辭掉工作，目前在環遊全世界。

不是有些事情比年紀更重要嗎？

更重要的事

各自

「眞好，可以經常去南山。」

去年秋天，要好的姊姊來我工作室玩，如此對我說。我的工作室位於可以看見南山的解放村。聽到我沒有那麼常去南山，姊姊隨即說：「現在一起去吧。」我們就這樣一起踩著泥路上山。

「厚重的泥土味眞好聞。」

「眞的！我也喜歡濃郁的青草香氣。」

雖然就位於解放村旁邊，但一進入南山，空氣和味道確實都變得不一樣。我們緩緩地走上山，盡情聊著這段時間沒聊的話題。

「那棵樹還很青綠，一片紅葉都沒有！」

當時正值秋高氣爽的時節，有些樹木已經澈底紅透，有些樹木還停留在夏季，還有些樹木正逐漸渲染變色。

「姊姊，那棵樹是第一名，它最快變紅！」

「唉唷，哪有這種事。」

「其他樹木也很快就會轉紅吧？」

「當然嘍，它們都會以各自的腳步度過秋天。」

簇擁密集的樹林，彷彿不分你我的樹木。時候到了，就會或火紅或橙黃地渲染成各自的顏色。接著，又會在不知不覺中冒出新葉，就這樣由秋入冬，春日也會到來吧。

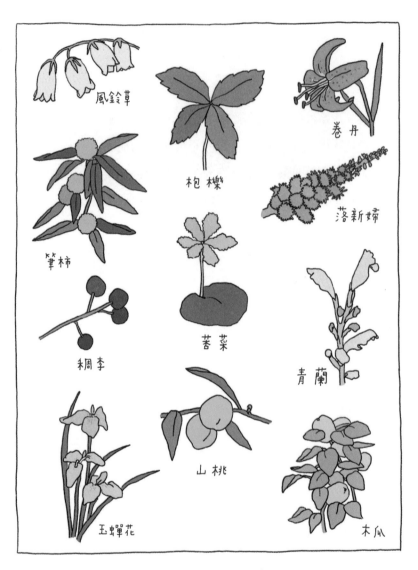

風鈴草

卷丹

枹櫟

落新婦

筆柿

苦菜

稠李

青蘭

玉蟬花

山桃

木瓜

南山的一切都是獨一無二的

給予時間

　　植樹節到了，我心想著該種點什麼，於是去了花卉園藝店林立的東大門。那裡充滿了藍莓樹苗、無花果樹苗、連翹花樹苗等各式各樣的植物。我請店員推薦我好養的植物，對方於是拿了牽牛花和纓絲花給我。包含店員推薦我的植物，加上滿天星、葫蘆和絲瓜，我一共買了五種回家。

　　我將種子撒在空花盆中，替它們澆足了水。雖然兩個月來我每天澆水，等待它們發芽，卻只有一株滿天星勉強長出嫩芽。很自然地，我查看花盆的時間也變少了。過了許久，某一天我發現就連牽牛花的花盆也長出了許多嫩芽。見到朋友之後，我說起種子終於發芽了，而她也同樣難掩興奮地告訴我酪梨發芽的事。

　　「在超市買的酪梨發芽了？」

　　「就是說啊！我在網路上看到無土栽培酪梨的文章，心想我也要試試看，所以就把它裝在水中，卻怎麼樣都不生根。我本來打算丟掉，但懷著姑且一試的想法，把其中一個隨手插在院子的花盆裡，結果前幾天一看，嫩芽已經

長到一節手指高了，不覺得很神奇嗎？」

　　朋友說她一整個月悉心照顧酪梨，最後索性放棄，擱置一旁，嫩芽卻長到一節手指的高度，為此感到神奇不已。

　　「也許偶爾放著不管會比較好。」

　　就像原先在泥土中一動也不動的喇叭花，卻悄悄探出新芽，以及酪梨驀然冒出嫩芽般，只要給了它們充分的時間，最終就會萌生嫩芽，探出頭來。

　　給予時間，

　　充分給予彼此必要的時間，

　　植物需要如此，我們也是。

因為，天空不會永遠都下著雨。

慢慢來，慢慢來

有些事情就需要慢慢來。

在學校周圍開車時，

騎著自行車滑下坡時，

靠近街貓時，

用平底鍋煎吐司時，

用針線縫衣服時。

因為不熟練，所以會發生意外或有危險緊接而來，

也許會有什麼因此離開我身邊，

面對這種事，需要的不是「快速」而是「慢慢來」。

所以，我的人生，我們的人生也要慢慢走，

因為我們的人生

要比吐司，比針線活

更加重要，也必須更加慎重。

第一次走的路

第一次學走路的孩子

第一次過團體生活

第一次談戀愛時

第一次分手時

第一次成為上班族

所有的第一次，都是困難且生疏的

海玻璃

　　到海邊時，我會一邊環顧沙灘，一邊撿拾海玻璃。海玻璃，指的是玻璃碎片長期受到波浪沖刷，變成小小的卵石，但又與無色彩的石子不同，海玻璃保有玻璃的色澤，有橘黃色、天藍色、褐色、粉紅色，非常多元。被海浪沖上來的海玻璃，多半邊緣變得短鈍圓滑。要把玻璃碎片打磨成那個樣子，應該需要花費長久的時間，但尖銳鋒利的樣子卻消失得無影無蹤。

　　就像人的內心，
　　經歷各種風波之後，我們也會變得圓融，
　　就像海玻璃一樣圓圓的。

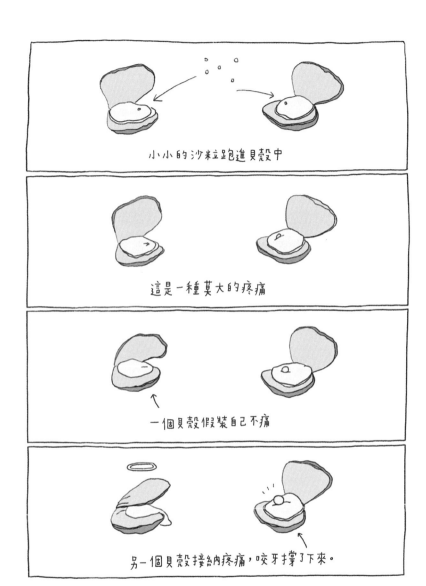

小小的沙粒跑進貝殼中

這是一種莫大的疼痛

一個貝殼假裝自己不痛

另一個貝殼接納疼痛，咬牙撐了下來。

珍珠生成的過程

不感興趣

抵達開會地點後，我發現衣領沾上了化妝品。就在我苦惱該不該到洗手間清洗時，負責人走了進來。談話的這段時間，我的目光不時往衣領飄去，整副心思也一直掛記著，甚至還無謂地用手去遮掩。由於這場會議極爲漫長，我們決定吃完午餐再繼續。用完餐後，走進會議室之前，我在洗手間用衛生紙沾水用力擦拭，但化妝品非但沒有被擦掉，身上穿的淡黃色衣服還滲進了水，變成了深黃色。

「作家，妳的上衣濕掉了吧。」

負責人向我搭話。我解釋是爲了擦掉沾在衣服上的化妝品，對方卻表示完全不知情。明明衣領都沾得灰灰白白的了，難道就只有我看到嗎？

「話說回來，我發現黃色洋裝好適合妳吧！」

現在才看到洋裝嗎？大家比想像中對我更不感興趣。哎呀，今天又有了新體悟。

草葉上的小瓢蟲

松鼠藏起來的橡實

告知春天到來的花苞

在夜晚綻放的喇叭花

曾經相愛的那一瞬間

某個滿月升起的夜晚

擦身而過的一切

請放輕鬆！

雖然我運氣好，有幸出了幾本書，但依然覺得寫文章很困難。所以，每當談起要寫文章的事，或與編輯見面時，就會不由自主地退縮。共事許久的編輯偶爾會對我說：

「我喜歡作家妳信手拈來的文章，請放輕鬆點。」

每一次，我的內心都會忍不住想：「哪有這麼簡單？」

小班畫畫課開課了，一堂課教四名學生，是由非主修畫畫的學生組成的班級。其中一名學生作畫時很大膽，反觀剩下三名卻猶豫再三，遲遲無法下筆。心懷恐懼所畫出的線條一覽無遺，那樣的作品無法觸動人心。

「各位同學，請自在一點作畫，放輕鬆，想到什麼就放手去畫！」

上課時我一直把這句話掛在嘴上呢，哎喲，這句話不就是編輯對躊躇不決的我說的話嗎？

小時候我曾經溺水

我被嚇得全身僵硬，
沉進了水深處。

雖然平安無事地被救出來了，
之後卻有很長一段時間怕水。

社區的澡堂
讓我再次與水親近

當內心變得柔軟，
身體就會自動漂浮在水面。

儘管長大後的身體變得更重了，
但輕盈的心靈造就了這種結果。

當身體放輕鬆時

咖哩

我喜歡熬煮多時的咖哩。

心情感到空虛的日子，

我就會放入冰箱的剩菜與肉塊，熬煮一鍋咖哩。

刀鋒劃過之後，蔬菜的切面變得光滑銳利。

我將切好的食材放進鍋裡，熬煮好一段時間。

隨著時間的流逝，食材逐漸失去了稜角。

在一鍋咖哩中，沒有任何尖銳的東西，

所有材料都很和諧地交融。

熬煮幾小時後，整個家中就會瀰漫咖哩的香氣，

享用著柔和的時間熬煮出來的咖哩，

我的內心，也變得綿軟柔滑。

圓圓的，圓圓的

相似的人生

　　小時候，只要我認為某件事可能會成為缺陷，就不會對任何人說，好比說三叔曾經引起的問題或前男友對我造成的傷害。所以，談論到家裡的事情時，我總會去掉三叔不講，也只訴說在他人看來美好的愛情。可是，隨著年紀一歲一歲增長，這種糾結的心情自然而然化解開來。聽到朋友的弟弟闖禍，或者認識的人在婆家的遭遇，我就會想，啊，原來大家都過得差不多啊。有個朋友甚至說以前遇到了多糟糕的男友，咯咯笑著說很感謝現在的老公。

　　過去的那件事並不是我的錯。只要我行得正、坐得端，就沒有必要感到羞愧。不可能每個人都在完美的家庭中成長，也不可能談完美無缺的戀愛。今天，我也在相似的人生中獲得了慰藉，並且逐步了解，那並不是我的錯。

世上的一切，都是在受傷中成長。

需要來點甜的

打開冰箱，拿了一片巧克力放入口中。

小時候明明不怎麼吃零食，

反倒上了年紀之後，

卻很自然地會找冰淇淋或巧克力等甜食來吃，

在咖啡廳時，也只點熱巧克力等甜的飲品。

是因為老是碰上苦澀的事情嗎？

我的內心，也需要來點甜的。

不是自然而然，就會變成大人。

我的第一罐無花果醬

　　無花果醬吃完了。雖然說要省著吃，也確實這麼做了，但現在卻只剩一湯匙。這是用我親自栽種的無花果做成的果醬，而且還是我親手熬煮的！去年栽種的無花果樹結了十二顆果實。原本我將它擱在工作室外頭，但被偷走五顆之後，我插上了「請勿摘採！」的木牌，最後順利地收成了剩下的七顆果實。

　　微微搖晃、宛如嬰兒拳頭般大小的無花果，也許是因為澈底熟透了，只要輕輕一碰就掉下來了。用愛灌溉數個月的果物收成確實與眾不同。結實握在手中的物理性質，使它更顯珍貴。我想長時間享用這些用錢也無法交換的無花果，於是決定做成果醬。雖然分量很少，但這是能享用無花果最長久的方法。

　　製作果醬的方法很簡單。將無花果清洗乾淨，去除水分後，切好放入鍋子。如果想讓它呈現柔滑的口感，也可以用果汁機打好再放入，但我喜歡有咀嚼的口感，所以切成了塊狀放入，並且放入砂糖與檸檬汁。檸檬汁能打造果

醬有嚼勁的特有口感。就這樣熬煮多時，濃稠的果醬就完成了！

　　雖然只有一小罐玻璃罐的分量，卻是我的第一罐無花果醬。我會將它輕輕塗抹在吐司或貝果上頭，或者吃優格時放上堅果一起吃。我通常會在夜深時分，肚子開始有點餓的時候拿無花果醬來吃。「沙沙」，只要聽到用刀子把果醬平均抹在烤得酥脆的麵包上的聲響，耳朵就開始感到富足，那是肚子逐漸有飽足感的美麗聲音。

　　今年，我打算在木牌上寫：「要是沒有被偷，我就能製作更多的果醬！」

無花果

在濟州島

　　西部濟州，我對它就只有十二歲左右去家族旅行的記憶。當時的我在城山日出峰上，戴著一頂牛仔帽，騎坐在小馬上拍了照片，接著又在萬丈窟觀賞細細長長的石筍與石柱。那天之後，闊別二十年才又來到濟州。在濟州，就連空氣中都能感覺到大海的鹹味。話不多說，我隨即前往城山日出峰，當年還是個小少女的我，如今已有了些年紀，個子要比當年高，眼角也長出了細紋，但城山日出峰依然是記憶中的那個樣子。

　　我帶著中途不休息、直接衝頂的決心開始爬山。每次經過坡度陡峭的路段，就會感覺自己的大腿被猛力拉扯，腰部也很疼痛，但趁著前面的人停下來喘口氣而超前時，就會有一種奇妙的快感。一顆顆汗珠從額頭滾落，呼吸也變得急促起來，就這樣片刻不停歇地爬了二十幾分鐘，轉眼間就來到了山頂。號稱有八萬坪的火山口盡收眼底，地勢凹陷處長出了無數紫芒草，小動物和鳥兒也紛紛來尋訪。

我想起不久前在電視上看到的畫面。一位老奶奶說，想在駕鶴西歸之前再次登上城山日出峰。雖然不知道這位老奶奶的名字，但我真心盼望她的膝蓋痊癒之後，能夠坐在這裡欣賞這片風景。

這裡是濟州島

仰望夜空

故鄉金泉的鄉下夜晚很熱鬧，卻是與首爾截然不同的聲音，可以聽到蛙鳴、草叢中的蟲叫聲，偶爾還能聽見鳥啼聲。

「姊，天空有好多星星。」

從外面辦事回來的弟弟東載說道。

「真的嗎？」

「嗯，今天超多星星哋，妳出去看看！」

我一邊大呼小叫地說很恐怖，一邊和弟弟到了外頭。

「你知道怎麼看星座嗎？」

「不知道，我只知道北極星，哈哈。」

我們觀賞了星星好久。在首爾，即便到了夜晚也不太看得到星星，但鄉下果然不一樣。少了光害的鄉下夜晚黑壓壓的一片，所以星星可以盡情展現自己的存在感。東載在一旁說要研究一下星座，但我忍不住想，偶爾能像這樣並肩坐著仰望夜空，也就足夠了。

暫時退位

刺繡

棉線互相牽引往上，接著再往上，

形成一顆小棉團之後，

棉線就會更接近一個「面」，而不只是一條線。

擁有大致的樣貌後，「面」也跟著具體成形。

在親戚的聚會上，有人圍著一條繡上花朵的絲綢圍巾前來，看起來真是美麗極了。一旁的媽媽脖子上卻空蕩蕩的，讓我一直惦記著這件事，所以我抱著針線盒，花了好幾天時間在圍巾上繡上花朵。雖然花朵歪七扭八，看起來不是很漂亮，但媽媽開心得不得了。儘管這項作業需要耗費很長時間，但只要心中想著某個人，時間轉眼間就過了。

刺繡，是用一針一線，慢慢將心意盛裝進去的過程。

付出全心全意，就是一種愛。

第一次

「這是我三十五年來第一次在海邊看日出。」

「少來了，騙人！」

晚上十二點臨時說要去瑞草是第一次，在海邊看日出是第一次，吃瑞草的南瓜籽黑糖餅和花五千韓元搭渡河小船也都是第一次。雖然工作上會與無數的人見面，但身為三十歲中段班的我，依然還有許多的「第一次」。

不久前，我第一次買了用完即丟的廚房菜瓜布，也在有空氣清淨機的電影院觀賞電影，像這樣每天迎接某種「第一次」時，內心就會充滿好奇心與興奮感。就算事情很微不足道，我希望自己當個對所有初次體驗都會大驚小怪的人，以這種方式逐漸老去。

仔細想想，

二十歲時分手時，

三十歲時分手時，

我都很難過地哭了。

就算分手不是第一次，

卻沒有一次不感到心痛。

因為和那人分手，始終都是第一次。

是怎麼知道的？

「彥姃，妳不知道自己身上的光芒有多耀眼吧？」

鎮載冷不防對我說道。

世事均是如此，但有時就是很想拋下一切。

每一次，鎮載就會說出讓我力量滿滿的話，也不知道他是怎麼看出來的。

朋友的溫暖真心，如實傳給了我。

一個人的到來

小小的煩惱

　　我的煩惱分成好幾種大小，而小小的煩惱在我做出選擇，以及做完選擇之後都能帶給我微小但明確的幸福。一天是小小煩惱的連續，去買一罐洗髮精時，我會煩惱要買水蜜桃香氣好，還是嬰兒粉香氣好；準備出門赴朋友的約時，也會煩惱要穿靛藍色洋裝好，還是茶色洋裝好。

　　小小的煩惱中帶有一股可愛的力量。選擇水蜜桃香的洗髮精之後，每次洗頭時，浴室就會充滿香甜的水蜜桃香氣；苦惱許久，不知道該不該買的柑橘精油，則是在心情鬱悶時給了我安慰。

　　小小的煩惱也沒有什麼危險壓力。即便早晨苦惱之後決定不帶雨傘，結果碰上下雨，那也沒什麼大不了的。只要想像我也會像新芽般，在雨水的灌漑下長大，心情馬上就會輕鬆起來。

朋友請我幫忙照顧狗狗。

狗狗在散步途中停了下來。

那個地方有小蟲，
地面上有掉落的紅棗，

有渲染成紅色的爬牆虎，
美容院前面則有許多花盆。

也許我看到的並不是狗狗，

而是看到了更多世界的面貌。

狗狗帶領我看到的世界

順英

　　我去了在濟州島西側經營咖啡廳的順英家。雖然出社會後認識了很多年，但她是一位很特別的朋友。咖啡廳二樓的露天陽台上能眺望遠方的遮歸島。一大早起床坐在那裡，往來碼頭的漁船和濟州島的老婆婆、老爺爺奔走的模樣就會映入眼簾。在順英家的咖啡廳前面，最近卻開始興建一棟房子，雖然可以看見漁船，但波浪蕩漾的遮歸島卻看不見了。

　　「好可惜喔，沒關係嗎？」

　　「那當然，去屋頂上就能看到了吧。」

　　順英是個曾經說「真好，一輩子都能睜開眼睛就看到大海」的人，但即便面對這種情況，卻依然沒有半點煩躁。沒錯，她一直都很開朗，也很正向積極。我們聊了許久，接著看到DoNa從遠處走來。DoNa是鄰居奶奶養的小狗。

　　「DoNa現在好像更常待在我們家。」

　　DoNa，你也知道順英是個好人啊？DoNa蹲坐在我和順英之間，和我們一起欣賞夕陽西落的風景。

夜間散步

　　我很喜歡在夜間散步。這段時間沒什麼人，所以很悠閒，也很讓人放鬆自在，就算素顏出門也不會有負擔。即便是喧囂的首爾，到了夜晚也能從眾多聲音中獲得解放，不受他人視線的束縛。來到白天與夜晚迥然相異的解放村之後，我就更加喜愛在夜間散步了。

　　我在漂亮的商店玻璃櫥窗前面欣賞了許久，也在過去因為介意店員的眼色，就算心生好奇也不敢逗留太久的店面前東看西看。深夜裡，我搖身變成一名「目光小偷」，一下子偷窺新開的咖啡行、洗衣店，一下子又欣賞即將遷離的特色小物店。看到階梯上有街貓時，就會坐在牠旁邊搭話，也會仔細地端詳放在住家外頭的眾多花盆。身處首爾，總會平白無故地必須看人眼色，但夜間散步時，就會宛如化作蒲公英的種子般自由自在地飄遊。今天晚上，我要去觀賞活動中心前面的相思樹。白天時一直有附近的老人家與民眾聚在那裡，所以我不方便端詳太久，晚上我可要盡情地嗅聞相思樹的香氣再回家。

相似，卻始終相異的夜空。

用呼吸打造的安全地帶

　　打掃房間時，冒出了一個不知道打哪來的氣球。我原本打算扔掉，後來乾脆放到嘴邊吹氣。我一邊感受著氣球柔軟卻帶有韌性的觸感，一邊盡可能將空氣吹入。把我吹的氣灌入氣球後，如糖蔥般下垂的氣球也頓時變得圓鼓鼓的。

　　看著又大又圓的氣球，我想起了童年在鄉下溪畔時，爸媽替我那上頭畫有天藍色卡通人物的游泳圈吹氣。游泳圈彷彿快炸開般，灌飽了爸媽吹出的氣，沒辦法再灌入任何氣體。

　　我用雙手搭著爸媽呼出的氣息，漂浮在水面上。就算水浪迎面襲來，游泳圈也沒有翻覆；就算雙腳搆不著地面，我也沒有沉入水底。只要抱著爸爸、媽媽呼出的氣息，就算站在很高的岩石上，我也會毫不猶豫地撲通跳下去。最近，我好需要如此溫暖、效果又好的安全裝置。

抱著、揹著養大的寶物

自慚形穢的心態

　　以「鴨子小姐」的身分活動五年，我第一次決定給自己一段休息期。我最先放棄更新SNS。比起「追隨者人數」，我對「按讚人數」更敏感。將畫作或文章上傳之後，我會在一分鐘內、十分鐘後、一小時後、睡覺前，甚至是早上一睜開眼睛就確認有多少人按讚。儘管知道這並不是衡量作品的標準，但如果按讚的數字少了，就會覺得是不是少了什麼。相反的，按讚的數字很多，我又不免覺得，以後是不是就只能這樣畫？

　　另一個令我在意的，是其他作家的按讚數和追隨者人數。看到別的作家獲得的讚數比我多出許多，就會洩氣地認爲自己失格、沒出息。個人帳號也一樣。看到結婚生子的朋友，就會莫名有種落後他人的感覺，儘管明知「到現在還是只有我孤零零的啊」的這種心態，並不能成爲衡量人生的基準。

　　爲了擺脫這種自慚形穢的心態，我把所有SNS的APP全部刪除了。少了習慣點進去看的東西，雖然空虛了幾天，

但一星期後馬上就適應了。既然沒有發表文章,當然也就不用為了他人的回應而緊張兮兮。

　　只有必要時才點進SNS的生活,至今維持了五個月左右。也許是這段時間的心態變健康了,如今我看到其他作家的作品也經常會點讚。擺脫他人目光的這段時間,某種溫暖與圓融似乎也填滿了我的體內。

我正在看IG，

發現了很漂亮的照片，

卻是討厭的人上傳的照片。

我考慮著該不該按下愛心，
最後決定視而不見。

明明就沒什麼，

卻覺得我的心
變得和哪顆愛心一樣小。

什麼時候會長大呢？我的心。

車前草

　　電視上講到了關於車前草的話題。據說如果在森林中迷路，只要沿著車前草生長的方向就能走出森林。森林中的植物會爲了照到更多陽光而向上生長，但車前草並不是往上長的植物，因此爲了尋找陽光，必須往森林不那麼茂密的方向生長。換句話說，只要跟著車前草走，自然而然就能走出森林。

　　我的人生也並不總是向上茁壯，無論是因爲人或工作，我都受了不少傷害，但也多虧這些時光而有所獲得。碰到有相同困難的人，我也有了能給予對方的建言或知識。

　　沒有烈陽照射、無法長得更高不見得就是壞事。在陽光下茁壯成長的樹木能爲人們提供水果，也讓大家有乘涼歇腳處，這樣的人生很好；而猶如車前草般即便環境貧瘠，但只要能夠披荊斬棘，就能成爲某人的小小座標，這樣的人生也很棒。

　　我心想，眞希望自己能成爲猶如車前草般的人，在某人迷失方向時，成爲他的指南針。

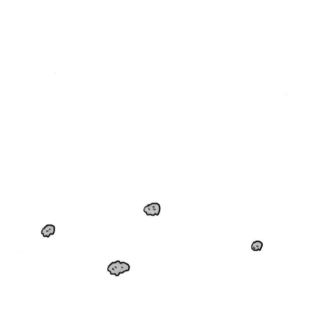

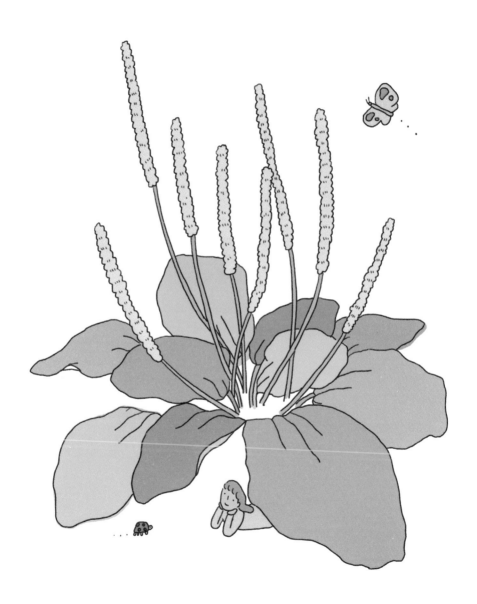

就是變得這麼輕盈

停工快六個月了，
朋友們都很羨慕我可以休息這麼久，
媽媽則是擔心我還有沒有錢吃飯。
休息這麼久卻沒有收入，
戶頭也變得和內心一樣輕盈。
我想起一月去皮膚科的花費，
突然埋怨起三月買的按摩器，
也看了一眼幾天前專利廳寄來的通知書。
儘管如此，我還是獲得了充分休息。
戶頭嘛，再填滿就好了。

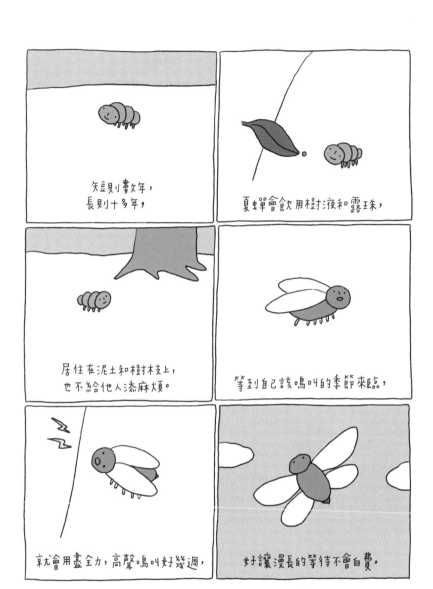

短則數年，
長則十多年，

夏蟬會飲用樹液和露珠，

居住在泥土和樹木支上，
也不給他人添麻煩。

等到自己該鳴叫的季節來臨，

就會用盡全力，高聲鳴叫好幾週，

好讓漫長的等待不會白費。

猶如青蛙先蜷縮身體，之後就能跳得更遠般，
猶如夏蟬經歷漫長的等待般。

如細雨沾濕衣服般

　　和媽媽分開住的我，每次見到媽媽，都會鉅細靡遺地分享一切。有一天，我說起和我想法不同的某個人。

　　「彥姃啊，妳想想看，假設有一個微彎的棍子上掛了一個袋子。」

　　「嗯，然後呢？」

　　「妳是從下方看著那根棍子，但也有人是從上方看。那麼，有人會看著袋子的方向，不也會有人看著袋子另一頭的枴杖嗎？」

　　當然啦，就算聽到這種話，幾天過後，我還是會老調重彈，但媽媽總是不厭其煩地對抱持相同不滿的我說些金玉良言，同時也要我多與正面的想法親近。媽媽說，無論是一本好書或是好人，將它（他）們時時刻刻擺在身旁是很重要的，還說正面的話語聽久了，就像是細雨沾濕衣服般，具有耳濡目染的作用。

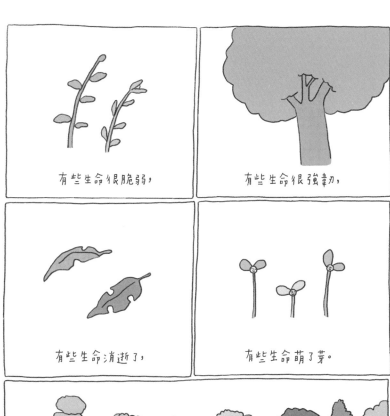

有些生命很脆弱，

有些生命很強韌，

有些生命消逝了，

有些生命萌了芽。

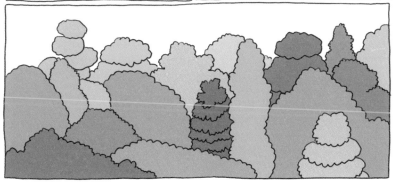

各自不同的生命聚在一起，
長成森林，形成一座山。

必定

貓咪多半在秋天時最可愛。
夏天來臨前，牠們會褪去一身的毛髮，
秋天時，就會擁有比較蓬鬆的外型。
樹木亦然，
相較於無葉也無花的凋零冬天，
綠葉繁盛、準備結果實的夏天最為清新。

我的人生又是如何呢？
在眼前無數的來日中，
有時會走得慢一些，有時也必須往後退，
但閃閃發亮的日子必定會來臨。
我如此相信。

孤獨這個缺口，
任何人都會有。

有時，這個缺口會變大，
因此會把許多人放在心上。

有時，這個缺口會變小，
所以我們會豎耳細聽其他事物。

所有人都擁有的東西，

而且絕對不會消失的東西。

這是我們必須扛著走的孤獨。

任何人都是孤獨的

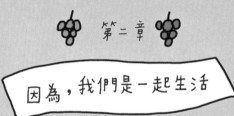

第二章

因為，我們是一起生活

購買植物，與植物生活

因為我超級喜歡植物，遇見花店就會忍不住駐足觀賞。我會讚揚沒有比買花更美麗的消費，把綻放得很漂亮的花朵帶回家。比較年輕的時候，我不僅對花朵，對所有植物也都不感興趣。我是從二十五歲之後開始喜愛上植物，但至今仍不知道個中緣由。當媽媽把花朵的照片設為通訊軟體KakaoTalk的大頭貼，奶奶讚嘆有花紋的衣服很秀氣時，我完全沒有共鳴，但不久前我發現自己把種植在光化門路旁的三色堇拍成影片時，忍不住嚇了一跳。是因為像媽媽和奶奶的緣故嗎？還是，這是我像她們一樣正在經歷歲月洗禮的證據？又或者，如今我才懂得感謝，在冷漠無情的世界上無條件施予美麗的植物呢？

喜愛歸喜愛，我卻養不好植物。春天和夏天帶回家的植物，以秋天為基準開始慢慢凋謝，到了冬天就澈底枯萎了，而我總忙著將這些孩子整批移走。看著這樣的我，要好的姊姊對我說：

「植物也要像寵物一樣對待它們，既然都帶回家了，

就要好好照顧，給它們吃飯、喝水，替它們擦拭枝葉，給予關心。這才叫做一起生活。」

是啊，讓一個生命住進家裡大概就是這麼回事吧。之後，我再也不會衝動養植物了。直到了解要日曬多久才能生存、幾天要澆一次水、該植物生存需要的條件等，仔細確認我都能做到，我才會將它們帶回家。因為，我們是一起生活。

很耐冷的植物

←山茶花

金冠柏→

喜愛陽光的植物

←旅人蕉

需要經常澆水的植物

藍星蕨→

喜歡陰涼處的植物

鳥巢蕨↘

肖竹芋↓

明明看起來都很相似，

植物卻都各自不同呢。

慢慢了解差異這件事

待在鄉下

「要不要去看菜園？」

不久前我回了鄉下老家。住家後方的菜園種植了各種蔬菜，生菜、紅葉萵苣、蹄葉橐吾和羽衣甘藍，旁邊是茼蒿、像黃瓜的辣椒、青陽辣椒、番茄、白菜、花椰菜等，充滿了讓我家隨時都有一桌新鮮飯菜的作物。

「我講個笑話給妳聽。」

「是啥？」

「不久前我和爸媽在吃羽衣甘藍，還稱讚很好吃，吃得很高興，之後去後面一看，發現花椰菜的葉子都沒了，結果是我們把它當成了羽衣甘藍，所以全部摘來吃了。」

「花椰菜的葉子也可以吃嗎？」

「嗯，聽說充滿維他命和鈣，對身體很好。」

仔細一想，羽衣甘藍和花椰菜的葉片真的長得好像，兩種都是很柔和的青綠色，加上葉片也很寬。相較於我，

經常去鄉下的弟弟更了解菜園的一切。他說,小蟲子好像很喜歡食用羽衣甘藍,生菜上頭的蟲子比想像中少。

「姊,妳也吃吃看花椰菜的葉子,超級柔軟好吃。」

「那麼大片,感覺口感會很粗澀。」

「妳吃一口,搞不好會被驚豔到喔。」

在鄉下,一切都顯得如此自然,身體也不需要繃緊或施力。當微風徐徐吹來,只要隨風移動身體就行了。只要待在鄉下,就連我的心也變得像嫩豆腐一樣鬆鬆軟軟。

我想過這種人生。

早晨起床望向窗戶，

就能看見綠樹與群羊山。

家裡有個迷你菜園，

可以用親自栽種的作物做飯吃，

而夜晚只有星星與靜謐相伴的

那種人生。

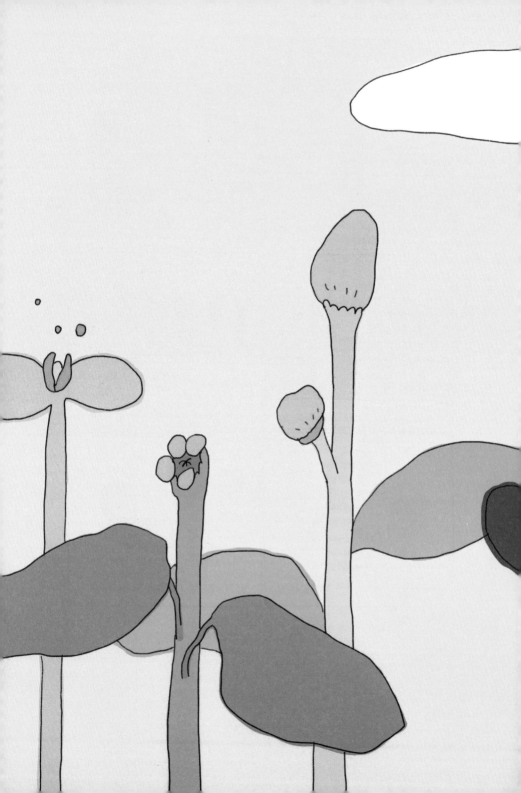

小心小心

　　晚間十一點三十分，我躺在床上時，媽媽打了電話過來。

　　「妳在哪裡？」

　　「嗯？當然在家啊。」

　　「哎喲，嚇死我了。」

　　媽媽用急切的語氣連連問我人在哪裡，說夢見我在拔牙，結果血流不止，最後被那幅情景給嚇醒了。醒來之後，那個畫面依然歷歷在目，所以媽媽立刻打了電話給我。也許是因爲這樣，這幾天我變得格外小心翼翼。用刀片裁切紙張時，也會一邊提醒自己「可能會傷到手，所以要專注！」一邊小心裁切。就算斑馬線對面的行人號誌燈是顯示綠燈，我也會注意左右有沒有來車；深夜提著垃圾袋到外面丟時，也會刻意繞遠路走，避開酩酊大醉的人群。

　　小心小心！

　　因爲媽媽在擔心我，所以我表現得特別小心，就這麼平安無事地過了幾天。究竟是媽媽的夢境守護了我，又或者是媽媽的心意守護了我呢？

天底下的媽媽掛在嘴邊的話

底片相機

一位要好的姊姊給了我一張用底片相機拍下的照片，照片中有我的身影。身為裝置藝術家的姊姊喜愛旅行，平時說話都使用慶尚道的方言。我用指尖感受了一下照片正面的柔軟觸感。

「哇，什麼時候拍的？太謝謝妳了。」

「這有什麼好謝的？」

這個年代只要用手機就能拍下畫質夠好的照片，所以去旅行時，大家不會攜帶底片相機，而是攜帶自拍棒出門。也許是因為這樣，底片相機拍下的照片更讓人覺得價值非凡。

姊姊使用的相機有二十四張底片，假設和我一起度過的那一天放進了新的底片，姊姊一定是在僅有二十四次的限定機會中，在最美麗的瞬間或最想記住的一刻按下快門。也就是說，她將「之後可能還會出現更棒的畫面」的念頭推至角落，選擇了「此時此刻」。

「喀嚓 ── 」

從七個月不見的姊姊手中，收到七個月前的我的照片，感覺真的好特別。

照片，就像是一把

隨時能回到「那一天」的鑰匙。

看到照片的瞬間，

就會想起一起做的許多事。

那天的妳和我，
那天的情緒，

所有回憶，
因一張照片而紛紛出籠。

它讓記憶成了回憶

度過了許多個夜晚

回老家時，我必定至少會和朋友世妍碰個面。見到那個朋友之後，就連我的腳趾尖都充滿了自在的感覺，就算替彼此揩去眼屎，在泡湯時稍微露出肚腩，替彼此搓洗身上的汙垢時，也都不會感到害臊。我們在十七歲認識，高中三年都是同桌好友，轉眼間就這樣一起走過近二十個年頭。

我們一起度過了許多個夜晚。雖然我到了晚上九點就會打哈欠，但只要見到世妍，就可以帶著炯炯有神的眼神和她一路聊到凌晨。從喜歡的人、大學考試開始，到現在聊到結婚或各自的工作。雖然隨著年紀增長，對話主題也有了變化，但並肩躺著熬夜這點始終沒有改變。

就像是青辣椒承受無數的日子，逐漸成熟轉紅，接著再將無數辣椒籽抖落般，我們傾注了大把大把的時間。假如把過去我們傾吐的話題堆放在某處，搞不好會像一袋米一樣裝得鼓鼓的。經過層層累積，我們建立起即便面對狂風暴雨，也不會輕易被吹走的穩固關係。

與朋友分享漫長歲月

爲某人著想的心意

週末時朋友要來家裡玩。因爲難得邀請朋友過來，所以我特別到超市去買菜。該做什麼菜好呢？朋友說最近髮質受損很嚴重，看來我該放點黑豆下去做飯。我想起朋友曾經吃明太魚子醬時吃得很香的樣子，於是走到陳設魚蝦醬的那一區，詢問了一下哪一種品質比較實在。我還想起朋友曾經做過放了滿滿蔥花的蒸蛋給我吃，所以也把蔥和洋蔥放進購物籃。蒸蛋，無論什麼時候吃都覺得很美味。我看到了另一頭的獅子唐青椒仔。我一邊將一袋青椒仔放進購物籃，一邊思索主菜該做什麼好。朋友喜歡泡菜和肉，所以我想做一道燉豬肉泡菜。肉和配菜都買好之後，我就回家了，剛好放在冰箱的泡菜也熟得恰到好處。

我很喜歡需要熬煮許久的料理，雖然一下子就一掃而空，但我依然很喜歡和人一起享用誠心誠意做出來的食物。即便外型看起來粗糙，但我更喜歡手工捏製的水餃，相較於幾分鐘就能完成的微波米飯，我也更喜歡用飯鍋耗費時間煮出來的米飯。

我將如滿滿心意般沉重的購物籃擱在地面。該從哪道

菜開始好呢？首先取出的是黑豆。先用冷水洗淨之後，再放入玻璃碗中浸泡。泡的時間夠長，滋味就會和白米飯融合在一起。我取出燉泡菜用的肉片，泡在冷水中，獅子唐青椒仔則是將尾端仔細處理掉。我將媽媽給的泡菜、事先泡在水中的一團肉、洋蔥和蒜頭放進鍋裡，淋上少量水，接著放在瓦斯爐上。朋友會在明天早上來訪，所以前一天要先充分熬煮，燉泡菜才會變得更加美味。睡覺之前先熬煮五、六小時，明天早上再熬煮一下，想必燉得軟爛的肉片就會入口即化了吧？

　　將燉泡菜放在瓦斯爐上熬煮多時，家中也充滿了燉泡菜的香氣。為了某人烹調、等候食物完成的過程，總是令人充滿悸動。

病情痊癒的真正原因

只要爬上南山

　　南山恰好就在住家後頭，所以應該經常去才對，但事實上並非如此。只有完成稿子、櫻花盛開、天氣特別好或有什麼值得去南山的理由時，我才偶爾會上山。

　　上山之後有許多好玩事，無論是樹枝或四處滾落的松毬，各有各的美麗。豈止是如此？從各種葉片、卵石到小石子、岩石，沒有一個顏色或形狀是相同的。不久前我在山上流動的小溪中看到青蛙蛋，也遇見了三隻松鼠。像這樣悉心觀察山上的每個角落，最後甚至會捨不得移開腳步。我把自己中意的東西全帶下山，包括掉落在地面上線條優美的枯枝、在陽光的照耀下閃閃發亮的扁豆莢、大大小小的松果，甚至是澈底乾枯的落葉。這些東西都很容易碎裂，沒辦法放入袋子或口袋，所以只好將它們逐一夾在指間。我駝著身子，手臂、手掌、背部和雙腿也保持緊繃狀態，等到下山時，早已滿身大汗。

我將樹枝擦拭乾淨，插進透明空瓶，也將沾上松果的泥土抖落，擱放在上次帶回來的小石子旁。油亮的象牙白豆莢則是打算用在製作風鈴上頭，妥善保管在空罐子裡頭了。去了一趟山上回來，不單單是心靈變得豐足，而是真正成為了富者。只要去一趟就能收穫滿滿，所以南山才總是樂趣無窮。儘管一開始想到要爬山，會很想打退堂鼓就是了。

南山入口撿的樹枝

半山腰撿的
枯枝

掉在路上的松果

掉在南山階梯上的樹枝

從山上撿回來的東西

喜歡細心的人

感到寂寞時，敏英這位妹妹就會聯繫我，往我手上塞各種東西。光是要歸還她的小保鮮盒就有四個之多。第一次收到用小包裝紙製作的紙袋，裡頭裝了布朗尼、瑪芬、糖果、洋蔥湯、海帶湯包、味噌湯、一根鮮紅色口紅和好幾片面膜，還附了一張這樣的紙條。

「姊姊，這個麵包是在○○烘焙坊買的，放進微波爐微波一下再吃。不要因為忙著工作很累就沒吃飯，一定要喝個熱湯再睡覺，血糖降低時就吃個糖果！還有，我覺得口紅好像很適合姊姊，所以就放進去了！」

不久前，她拿了用南瓜做成的派給我，還用一個拇指般大小的罐子裝了蜂蜜。南瓜派被裝成方便食用的單片包裝，因此我將它們放進冷凍庫，想到時再拿出來吃。每每使用敏英給我的東西，就會想起她一次。離開故鄉，在首爾獨自生活久了，偶爾會萌生空虛感，但多虧了這樣的好友們，離鄉背井的生活才能免於孤單。

去外婆家時，

我會跟著外婆，

去摘蘋果、
摘紅棗、

摘柿子、
也摘栗子。

回家後一看，

發現外婆裝給我的水果，
遠遠多於我摘的水果。

外婆的愛

保溫便當

突然想起了兒時吃過的保溫便當。

雖然名爲保溫便當，

但實際在享用的時候，卻僅保有微微的溫度。

米飯有點被壓扁，

雞蛋飽含水分，連泡菜也變得溫溫的。

媽媽替我準備保溫便當的時間，

我攜帶著便當往來家與學校的時間，

媽媽再次洗碗的時間，

每次打開便當蓋，就會想起媽媽。

媽媽一定在準備便當、清洗碗盤時想著我吧？

不久後，學校有了餐廳。

節省準備便當的時間，我們得到了什麼？

彼此說了更多的話嗎？

少了擔心媽媽看到剩菜會傷心，

所以努力均衡攝取飯菜的那份心意，

我們得到了什麼呢？

我想起了煤油暖爐，

倒入煤油，

用火柴點火。

打開暖爐時，必須一邊聞著煤油味，
一邊留心觀察水壺煮開了沒有。

後來，家裡買了一台插電
就會啟動的電暖爐。

雖然很溫暖也很方便，
但為什麼好像少了什麼呢？

失去後獲得的東西

媽媽染髮

　　媽媽那邊的親戚都到了很晚才長出白頭髮，或者根本就不見任何白髮絲。多虧於此，相較於同輩，我算是不太需要為白頭髮煩惱的類型。當然，媽媽也是到了很晚才開始長白頭髮。轉眼間媽媽過了五十歲，大約要進入更年期時，頭髮一根根發白了。

　　「媽，要不要我幫妳染髮？」

　　第一次替媽媽染髮那天，我帶著「如今媽媽的年紀也大了啊」的心情，也因為媽媽頻頻打瞌睡，同時在「染髮真的好辛苦啊」的念頭下結束染髮。過了幾年，媽媽突然對我說：

　　「妳第一次幫我染髮那天，媽媽很努力避免自己打瞌睡，但睡意還是不停襲來。女兒替我梳理頭髮，感覺真的很舒服自在。」

我從十歲左右開始住在金泉，

爸爸當時是三十歲後段班。

他種植的樹木長得很茂盛，

越過了我的身高，
也一下子就超過爸爸的身高。

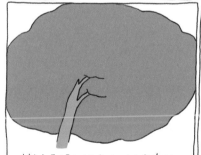

樹木長得越是高大、綠意盎然，

爸爸的白頭髮越是與日俱增。

歲月如梭

全家福照

　　老家的廚房掛了一幅梵谷的向日葵畫作,大概是入住之前,建商替所有廚房一致掛上的裝飾品。我們在餐桌上吃飯時,媽媽望著畫框說:「如果在這裡掛家庭照應該不錯吧。」媽媽和爸爸組成家庭三十五年,雖然有幾張旅行時拍的照片,但從來沒有去照相館拍攝正式的全家福照。

　　幾週後,我拉著爸媽到位於大邱的新生兒照相館。雖然距離金泉有點遠,但攝影師的作品感覺和我們家的氣氛很相稱,所以就決定去那裡。攝影開始了,首先爸媽牽起彼此的手,擺出相擁的姿勢拍了照片。接著我和弟弟也依序入鏡,一起拍了照片。

　　「女兒試著把手搭在爸爸的肩膀上。」

　　「兒子稍微靠在媽媽身上。」

　　攝影師接連下了好幾個指令。

　　「女兒和爸爸對看!」

　　我曾經和爸爸相視這麼長時間嗎?爸爸的眼角有好多

皺紋，眼白的部分也很混濁。我的眼前站著一位年邁的大叔。我的情緒突然湧上，感覺自己就要落淚了。

我在心中懇切地拜託攝影師：攝影師，請幫我爸媽拍得帥氣、美麗一些。

剩下的時間

投注時間的心意

　　鄰居朋友連著幾個月咳嗽不止，最後被醫生診斷為咽喉炎。我帶著想替朋友做點什麼的心，隨便換了件衣服就去了超市。我用手機搜尋有助於咽喉炎想法的食物。桔梗、梨子、蜂蜜、生薑、五味子、高麗菜、紅蔘、梅子、紅棗等，能止咳的食材比想像中更多，對支氣管也很好。我買了栗子蜜、桔梗、生薑和梨子，桔梗挑選看起來最新鮮的，生薑也挑選呈現土黃色、品質好的產品，小玻璃瓶也一併買了。

　　一回家，我就將梨子削成薄片，然後放進鍋子裡。如此一來，不需要長時間熬煮，就能讓梨子軟化，質地變得柔滑。過了約莫一小時，水分蒸發之後，梨子開始變得黏稠。在這段時間，我用刀子替桔梗和生薑去皮，再把幾根挑好的桔梗和生薑切成塊狀，一起放入鍋子再次熬煮。為了避免材料黏鍋，我不斷攪動，偶爾還喊著「別生病啦！趕快痊癒吧！」之類的幼稚咒語。

　　用小火熬煮三、四個鐘頭，梨子逐漸變得濃稠時，我

將剩下的桔梗和生薑切成薄片,並事先過好篩。待水氣乾透之後,再與栗子蜜加以混合就完成了。我是在中午左右去了超市,但直到接近傍晚,才完成了要給朋友的生薑桔梗栗子蜜和梨子汁。我聯絡朋友,把禮物交給對方,回家躺下之後,驀然想起了媽媽過去在客廳鋪報紙、刮桔梗皮的背影。當時的媽媽,就是這種心情嗎?

我去了銀工坊，

在銀飾上敲敲打打，

加熱，

接著再次敲敲打打，悉心擦拭，

完成了戒指。

為了把禮物送給他。

投注時間與誠意

人是一本書

遇見一個人，猶如閱讀一本書，
與某人見面的時間，也如書頁般一張張堆疊。
即便是剛開始興致索然的書，
也會因為某個段落或語句而喜歡上那本書，
因意想不到的情節開展而驚慌或萌生疑問。

名為人的這本書浩瀚龐大，
彷彿永無止境的書本，
一頁接著一頁翻閱，就能逐漸了解對方。
有些書可能一輩子放在身旁閱讀，
有些書也可能中途就棄讀闔上，
直到某一天又再次悄悄取出來閱讀。
在時而開心、時而悲傷的過程中，就這樣逐漸了解一
個人。

但願我永遠都是某人心中的暢銷書

置身颱風中

在風雨的侵襲下，窗戶猶如發寒般打起哆嗦的時間拉長了。伴隨電源「喀噠！」往下關閉的聲音，我被囚禁在伸手不見五指的黑暗中。當然電視也被關掉了，水龍頭也沒有水。靜謐隨著黑暗一同降臨，我走下床，走路時刻意讓拖鞋發出聲響，打開抽屜取出蠟燭。我將自己很珍惜的香氛蠟燭放在床鋪旁的小桌子上，餐桌上又另外點了一根蠟燭。雖然光線不是很明亮，但行動上不會造成不便。冰箱發出嘈雜運轉的嗡嗡聲消失了，鄰居家響亮的重低音喇叭聲也消失了。我靜靜地躺在床上，想起了颱風初體驗的時候。

高中時，我們社區恰好位於颱風梅米直撲的範圍內，河水突然暴漲，回家時必須橫越的橋斷裂，當時在回家途中的爸爸被澈底孤立了。河水水位遲遲不見下降，爸爸足足過了一星期才平安回到家裡。在那短短的幾天內，爸爸瘦了超過十公斤。如今，那個地方有了釜項壩。

孤立無援時，爸爸說自己爬到了該處最高但最小的建

築物的屋頂上。手機和皮夾都掉入了水中，也沒有東西可吃，所以肚子餓壞了，晚上也只聽到四面八方的河水流動的聲音，真的很可怕。這種伸手不見五指的黑夜，爸爸只在書上讀過，從沒親身體驗過，但就在這時，夜空的繁星卻映入了眼簾。爸爸說，真的第一次看到天空有這麼多星星。當時爸爸做何感想呢？看著七個漆黑夜晚與七次無數繁星的心情，會是什麼樣子呢？

看著七個漆黑夜晚，
與七次無數繁星的心情
是什麼樣子呢？

是否隨著時間一再流逝，
而如黑夜般被渲染成灰黑？

是否隨著時間一再流逝，
而如繁星般掙扎著不失去光芒？

等待之人的心情，
想必要比那漫長的夜晚更加漆黑。

一邊苦苦等候，一邊流下的淚水，
想必要比夜空的繁星更多。

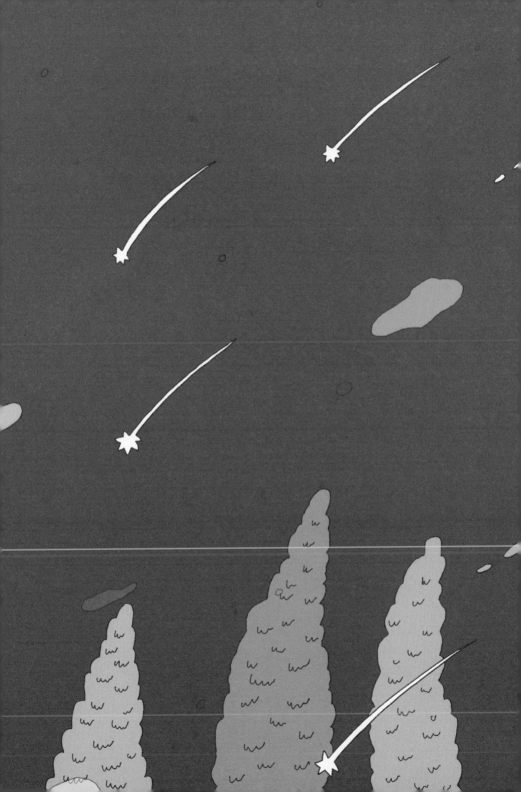

粗糙的安慰

那是在奶奶過世三天舉辦完葬禮回家的路上，爸爸接到了客戶打來的電話，媽媽也忙著接電話和回電。快到家時，爸爸正好在和朋友通電話。透過喇叭功能，通話內容原封不動地在車內傳開。

「燦基啊。」
「怎麼了？」
「你現在成了孤兒啦。」
「是啊，我現在是孤兒了！」
「我也是孤兒！」

平常爸爸都在沙發睡覺，媽媽則是睡在床上，但那天媽媽對爸爸說：「進房裡睡吧。」從主臥房微微開啓的門縫中，聽見了勞累多時的爸爸打鼾的聲音。我試著描繪了一下爸爸的心情。爸爸的朋友一定很能感同身受吧？所以才能陪著爸爸一起難過，給予如此粗糙卻溫暖的安慰吧？

奶奶想見到的爸爸模樣

當時那首歌

　　我和朋友去了益善洞。那個地方比想像中小，很快就逛完一圈。後來看到某家店門口排了長長的隊伍，就好奇張望了一下，發現是介紹美食餐廳的節目上出現過的餐廳。雖然要等超過半小時，但一起來的朋友說想吃吃看，所以就排起了隊伍。漫長的等待結束，我們點了各種菜色，但和平常吃到的食物味道沒有太大分別。

　　「唉唷，根本不到值得排隊的程度。」我一邊說，一邊和朋友把所有菜色都嚐了一遍，這時店內播放的歌曲竄入了耳朵。那些都是學生時代很常聽的歌曲，包括我和朋友在內，就連坐在隔壁桌的客人也忍不住哼起歌來。

　　「哇，當初這首歌我是用CD聽的！」
　　「我也是、我也是！」

　　每更換一首歌，我們就聊起與它有關的回憶。我說起小學時和歌手穿得一模一樣去上學的事，朋友則興致勃勃地聊起大學時期練習才藝表演的舞蹈。

「我們下次再來吧！」

「好！」

　　再次聆聽過往的歌曲，彷彿再次回到了當年。雖然單純品嚐食物時，並不覺得會二訪，卻因為一首歌而喜歡上這家餐廳。

音樂擁有的力量

即便不表現出來

　　我一個人去了生意很好的血腸湯飯餐廳吃飯，雖然不是用餐時間，上門的客人卻不少。兩位老闆恰好在對話。

　　「坐在這裡的大叔是在郵局上班吧？」

　　「喔，對了，每一次都滿身大汗的人，今天他帶了別人過來吃飯吧。」

　　「不過他今天為什麼沒有流汗？」

　　「還不是因為我在後頭開了電風扇。」

　　他們就這樣坐著你一言、我一語地閒聊著。

　　「放很多辣椒的年輕小夥子剪了頭髮，看起來清爽多了。」

　　「就是啊，整個人帥多了。」

　　雖然經常光顧這家湯飯餐廳，但因為客人絡繹不絕，所以並不覺得他們的服務有多親切，就連想多要點附餐小菜都要看店家眼色，猶豫著該不該提出要求。之所以持續光顧，完全是因為食物很美味，但我真的感到很意外。雖

然不曾看過他們和任何客人講過話，他們卻對客人做了什麼舉動、如何「製作」自己的湯飯都瞭若指掌。基本上，他們是懂得照顧他人需求的人，只是不會表現於外罷了。

　　老闆說今天的米飯還沒煮好，所以先上了血腸湯，後來米飯才上桌。看到老闆正在盛要給我的飯，於是說了一聲「請給我一點就好」，結果老闆真的只盛了平常我吃的飯量，不多也不少。老闆是不是記得總是一個人來吃飯的我呢？雖然彼此並沒有溫暖的言語交流，內心卻如手中剛煮好的米飯般暖洋洋的。話說回來，兩位老闆會怎麼稱呼我呢？總是點大份的血腸湯飯，卻總是剩下飯沒吃完的小姐？

在你的眼中，我是什麼樣子呢？

兩個圓

每個人都擁有自己的一個圓，

喜歡上某人時，

想靠近對方的心就會延伸拉長。

當延伸的尾端按壓對方的弧形表面時，

那個地方就會凹出一個洞，

周圍如同兩座山般隆起，

延伸拉長的心意，與凹洞互相銜接，

兩個圓，就這樣化爲愛心的形狀。

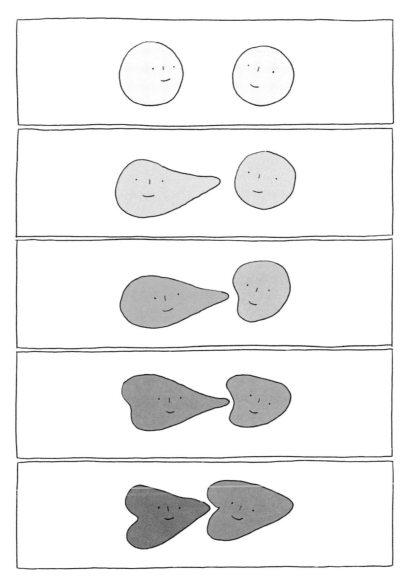

愛心

喜歡的人，曾經喜歡的

　　以前，我曾經因為交往的人而喜歡上雪。雖然沒有繼續交往下去，卻學到了「喜歡」是什麼。那一天，我在偶然的機會下和那人一起喝酒，不少啤酒下肚後，我們來到了外頭，發現整個世界都被白雪覆蓋了。原本打算直接搭上計程車，但雪景太過美麗，於是決定稍微走一會兒，兩人喀嗤、喀嗤地走在下雪的街道上。

　　「我好喜歡下雪天。」

　　我和喜歡雪的他就這樣走了好幾個小時。雖然並不特別喜歡雪，但因為不想和那個人分開，所以陪他一直走下去。時間越來越晚，街上逐漸沒了人影，置身雪景之中的就只有我們兩人。是下雪的氛圍使然嗎？我們在那之後開始交往，而那一年也真的下了好多雪。

　　我依然很喜歡雪，多虧了那個曾經喜歡雪的人。

喜歡的東西變多的原因

久違的花盆漫步

　　早上起床發現在下雨，心想「正合我意」。下起傾盆大雨的星期二早晨，假如是正常上班族，一定會很不想上班，但身爲自由工作者的我沒有平日與週末之分，而且不久前開始，我恰好決定碰到下雨天就要把花盆全部取出，讓它們來場雨中漫步。

　　我拿著家中的三個小花盆，放在屋頂的桌子上。這些花草不可能出門，所以碰到下雨時，我就會讓它們到外頭來場雨中漫步。晚上，我也會偶爾輪流帶著花盆到屋頂上坐著。雖然屋頂顯得寒酸，但視野很好，能看到高聳的南山塔閃爍發亮。

　　我用毛巾擦拭和桌面有些距離的椅子，手拿著雨傘，坐下來望著花盆。向來都只喝自來水的花草，現在喝著從天落下的雨水，感覺怎麼樣呢？一定很甘甜吧？空氣也一定和室內滯悶的空氣不同，感覺很乾淨吧？在寬敞的空間大口大口吸入豐足空氣的孩子們，一起淋雨的三個花盆，它們是唯一和我住在一起的生命體。

第一　想讓花朵保存長長久久，

就要每天替換乾淨的水，

避免它們僵滯於現在。

替花朵剪去過長的莖，

就算會心痛，
也要果敢斬斷該剪掉的部分。

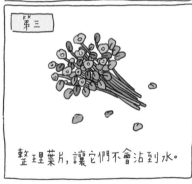

整理葉片，讓它們不會沾到水。

因為如果超過水位，
就會造成傷害。

無論是花朵或人，都是同樣的道理。

眞的很討厭這種人

不久前，我與在某個聚會認識的幾個人天南地北地聊天，當時因發生意外而不幸破相的A也在場。之後，在A不在的場合上，有人說：

「要是臉長得像A一樣，那該怎麼辦啊？」

啊，這種人眞的、眞的、眞的令人厭惡到極點。那天之後，我再也沒有參加聚會。這種人對他人的傷痛和記憶沒有半點同理心，所以我把對方的聯絡方式也刪掉了。

不久前，咖啡廳老闆
好心將雨傘借給客人們。

幾天後，我帶著雨傘去咖啡廳。

老闆露出了很燦爛的笑容。

我曾經見過相似的人。

即使不認識對方或初次見面，
也大方給予溫暖的。

那種人。

那種心意是來自何處呢？

我的弟弟束載

　　比我小八歲，現年接近三十歲的弟弟，把我的畫作設為手機的主畫面。不久前，我偶然遇到和弟弟很要好的朋友，對方說久仰我的大名，也都有持續關注我的作品。當父母對我感到憂心忡忡時，弟弟也總是這麼說：

　　「對她多一點信心吧，姊姊不是很認真在做嗎？」

　　偶爾變得懶散，或者單純想要偷懶時，這種微不足道卻很珍貴的話語，總能讓我再次打起精神。

當信任張開的羽翼越大，
我們就能翱翔得越遠、越高。

還沒準備好

　　最近媽媽成了我最要好的朋友，和媽媽通電話時，大多說的是日常瑣事。媽媽說要在菜園裡種生菜，但已經過了播種的時機，所以必須種植已經長出嫩芽的植株，而我則說剛買了新乳液，皮膚變得超好等雞毛蒜皮小事。幾天前通話時，我說和朋友去outlet買了一件淡紫色的洋裝，接著今天白天，我對媽媽說我把新洋裝拿出來穿了，媽媽卻問我：「妳買了新洋裝？」

　　「媽，我不是說我去outlet買了淡紫色洋裝嗎？妳還說一定很秀氣！」
　　「是嗎？我想不起來了。」
　　「上次妳也忘記我講朋友的事情。最近怎麼老是這樣？」
　　「等妳到了我這把年紀就知道，妳也會忘東忘西。」
　　接著，媽媽說不久前和三位朋友一起搭車的事情。有一個朋友滔滔不絕地講了一大串，後來突然停下來問另外

三個朋友：「我剛才講到哪裡？」結果沒有半個人記得。因為話題超級有趣，起初大家還邊聽邊拍手大笑，卻沒想到會忘得一乾二淨，什麼都想不起來。上了年紀之後，對失憶這種事早已司空見慣，所以四個人又不知道笑了多久。碰到這種事時，我就會愁眉苦臉，媽媽卻笑得很開心。我啊，還沒準備好要迎接，媽媽逐漸流逝的歲月。

相似的模樣

自己的人生

「爸爸在什麼時候覺得最幸福？」

大概是在一年前嗎？我傳訊息如此問爸爸。接近傍晚時傳的訊息，直到晚上才收到回覆。

「生下妳和東載時，和媽媽存錢買房子時。」

收到我的訊息後，想必爸爸一定不斷思索自己的人生，最後才如此寫下。原來我的誕生在爸爸的人生中算是數一數二的幸福啊，我暗自感到開心又感激。

「那爸爸什麼時候開始覺得日子比較好過了？」

我再次傳出訊息，這次馬上就收到回覆了。

「買一箱盈德松葉蟹回家時。」

我還記得這件事。我還是小學生時，爸爸去了位於浦項的盈德，把松葉蟹裝在四方形的黃色塑膠箱帶回來。我是第一次見到那麼多螃蟹，所以到現在還記憶猶新。爸爸那天一定幸福得不得了吧，因為有我在，有弟弟在，有媽媽在，還有很豐盛的盈德松葉蟹。我也記得就連十元、百元硬幣都會用紙張包好存起來的媽媽叨念爸爸的畫面。就連這種牢騷，聽在爸爸耳中，也像是甜蜜情話吧？

這樣的小故事聽多了，感覺爸爸的人生、媽媽的人生變得更具體鮮明。你們也有自己的人生，但我這個沒出息的孩子，卻一心只想叫你們爸爸、媽媽。

向弟弟學習的心

第三章

累積不完美的日子

如植物般

　　二十歲之後我就四處漂泊，光是估算搬家的次數就有十二次。我從韓國搬到美國舊金山，接著是紐約，然後又再次回到美國。

　　我總是獨自做決定、獨自度過、獨自生活。雖然最近「獨飯」、「獨酌」等用語使用得很頻繁，但我從更早之前就一個人吃飯或旅行。然後，我突然萌生這種想法——一個人住久了，我是不是澈底成了背負孤單、內心攬抱著它生活的人呢？

　　既然沒人可以商量，我總是想離開就離開，想回來就回來。當然了，因為是孑然一身，所以非常寂寞。想念有人的感覺時，我就會開著電視，開始畫畫與閱讀。雖然空間上我是一個人，卻與各種聲音和行為共存，同時安撫自己，人是在孤獨中成長。就像植物在不知不覺中茁壯長大般，我也一定在成長。

　　現在住的房子也已經住了兩年，該重新開始打聽下一個住處了。我在打包搬家行李時最感孤單，但正如乘風

飛向他處、再次萌芽的植物般，我也會在嶄新的地方落地生根。在那個地方，肯定也會受風吹雨淋，但即便不斷搖曳，我仍會像守護著不讓一片花瓣或一顆果實輕易掉落的植物般，堅忍地活下去。

因為我知道，只要不停下腳步，終有一天會實現。

熟能生巧

在《身為職業小說家》一書中，村上春樹表示不曾為了寫出什麼感到痛苦，也沒有因寫不出小說而吃上苦頭的經驗。假如自己並不享受其中，一開始就沒有寫小說的意義。雖然村上春樹是我很鍾愛的作家，但我並不像他是能信手拈來的那種作家。我連走在路上，和朋友聊到一半，洗澡或睡覺前想到的詞彙等都要記錄下來，等到寫文章時才將它們逐一取出，在摸索的過程中組成一篇文章。

最近飯鍋故障了，所以我生平第一次嘗試用一般鍋具煮米飯。雖然曾經在餐廳吃過用鍋子煮的米飯，但實際嘗試之後，才發現這是一道高難度的料理（？）。起初幾次底部燒焦，甚至還演變成傳說中燒焦、煮熟、沒熟並存的「三層飯」。不過總會有那麼一次，會煮出比飯鍋更加美味的米飯。儘管這是經過幾次失敗之後，偶爾才會從天上掉下來的幸運。

假如將生米比喻成文字，米飯比喻成文章，也許我就是個擁有一只小小的金色鋁鍋的人，所以時而會完成美味

又具有光澤感的米飯，時而卻又煮出半生不熟也沒有賣相的米飯。我心想，我所能做的，也只有持續嘗試煮更多米飯吧，因為只要我勤快浸泡生米，留心查看，久了就會煮出十分美味的白米飯。

第一根火柴，

為我孤單的心
點燃溫暖的火苗。

第二根火柴，

為逐漸縮小的夢想點燃火苗。

第三根火柴，

為成為大人之後，
逐漸荒蕪的感性點燃火苗。

假如我的內心有一盒火柴

夢想

「你的夢想是什麼？」

彼此熟稔到某種程度，我經常會問對方這個問題。雖然有人會面有難色，表示第一次碰到這種問題，但我真的很好奇，那個人的夢想是什麼。

在紐約時，很要好的姊姊擔任一位非常知名的演講者的英語家教。因為姊姊長年住在美國，所以對該演講者一無所知，但身為中年女性的那位演講者時時刻刻都談論著夢想。她總是將六十歲時要做什麼，七十歲、八十歲時又要做什麼掛在嘴邊，為了實現那個夢想，所以非常努力學習英文，實力也轉眼間就有了提升。

對我而言，夢想就是生活的原動力，是讓我活下來的理由。夢想有無數種，可以是組成幸福的家庭、想進入哪間公司工作、想買什麼東西，但我從小就只有一個夢想——當一輩子的作家。那是我唯一的夢想。

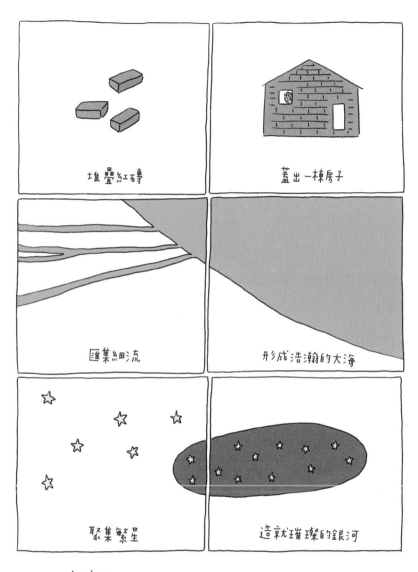

堆疊紅磚

蓋出一棟房子

匯集細流

形成浩瀚的大海

聚集繁星

造就璀璨的銀河

串連「每一刻的我」，造就「現在的我」。

不斷去戳弄的野心

　　不久前，我在韓醫院接受了皮膚治療。雖然平時經常在皮膚科做各種治療，但朋友說針灸效果很好，所以在介紹下去了韓醫院。我的右側臉頰上有一個小小的疤痕，如果不主動說出來，幾乎沒人會發現，但長久以來我都對此感到很自卑。

　　聽完韓醫院冗長的說明，知道我要扎的是什麼樣的針，具有何種效果之後，最後接受了在雙頰插上數十根針的治療。治療一結束，臉頰紅腫得很厲害，隨處可見血痂的痕跡。看到鏡子中的自己時，我甚至嚇了一大跳，整張臉就像雪蟹殼般凹凸不平、又紅又腫。

　　雖然醫師說兩週後就會恢復原狀，但一回家我就把在醫院購買的煥膚乳液隨時拿來塗抹，也訂購了高頻臉部按摩器。到了第五天，我在網路上搜尋針灸與皮膚疤痕的資料時，發現有篇文章寫道，要有EGF成分，皮膚再生效果會更出色。於是，我又購買了含有該成分的兩種乳液，預防與緩和肥厚性疤痕的乳液和軟膏。比起在皮膚科的花

費，事後保養的費用花了更多。

　　就這樣過了兩週，但臉頰依然凹凸不平、又紅又腫，就算上了妝，看起來也很糟糕，原本很不起眼的傷疤，在紅腫的肌膚區塊之間更加明顯。

　　早知道就不弄了。我暗自懊悔了好幾回。我想起過去在面試前一晚擠壓稍微冒出來的青春痘，導致它變得更大顆的事情。放著經常光顧的美容院不去，去了別人說能替我打造更好看的髮型的地方，最後卻必須把頭髮剪掉一大截；去見暗戀的人之前，讓朋友替我化妝卻不幸搞砸的經驗；邊看YouTube邊用電捲棒做造型，結果必須重洗頭髮的記憶，頓時全部浮現腦海。

　　原本也不是那麼顯眼的傷痕，但由於貪心的我不斷戳弄它，結果只是增添了我的痛苦。啊，只要能讓我回到先前的狀態，我一定會珍惜、愛護自己本來的面貌！

您也會得到福氣的

當時那句話

　　畢竟我不是房東，所以對居住區域變得有名這件事並不怎麼樂見其成。很神奇的是，我決定的落腳處很快就聲名大噪，而且受到仕紳化現象的影響，我住了兩年左右，就被迫遷往其他區域了。在首爾，我光是在解放村就住了五年，有三年左右住在解放村入口處，但隨著人潮逐漸增加，於是搬到了靠近南山的內側。

　　但這裡也被人氣音樂節目當成背景，被各種媒體介紹為特色社區而聲名遠播，短短幾年內聚集了許多人潮。儘管多虧於此，我多了欣賞各種人的樂趣，也因為路上全新開張的超商，隨手就能買到東西，但其實這兩樣都是可有可無。

　　後來，隔壁開始施工了。施工時間很漫長，拖了近半年之久，我在住家或工作室以外的其他區域工作的情況漸趨頻繁，對解放村的情感逐漸冷卻，敲打混凝土的聲響和各種施工噪音導致我變得更加敏感。就在我對隔壁的埋怨到達頂點之際，隔壁鄰居到我的工作室登門拜訪。他們

說，雖然向周圍打聽，但仍問不到我的聯繫方式，後來是有人把這間工作室告訴了他們。他們是一對準備開餐廳的夫婦，對先前製造許多噪音感到很抱歉，想招待我去他們餐廳吃一次飯，真心地向我道歉。我埋怨了數個月，各種壞情緒傾巢而出，但就在他們連聲道歉、猛然握住我的手的瞬間，那些情緒頓時消失得無影無蹤。如果沒有收到道歉，我可能會埋怨一輩子，但就因為一句話，數個月以來的電鑽聲都獲得了寬恕。在這之後，我成了這家餐廳的常客，而我們也成了會露出燦笑打招呼的鄰居。倘若沒有那句蘊含真心的話語，這些都不可能發生。

搬家日

終於擺脫了施工的社區

嗒嗒嗒

搬家後第一天

小心墜落

住家周圍

啊——好想去安靜的
地方啊啊!

搬家後第二天

首爾為什麼每天都在施工中呢?

我所居住的首爾

就算說我小氣

　　那是在某人感謝我答應他的請求，說要請我吃飯的場合，飯局結束時，那人付了飯錢，而我也說了聲謝謝，並表示下一次由我來出。這只是一句無心丟出的話，不過對方聽到之後好像很高興，後來幾次都約我吃飯，但我每次都因為有事而拒絕。每到這時，我的心情就會一次比一次沉重。

　　下次見面時，我該請他吃飯嗎？

　　當時是因為我幫了他的忙，才有那個飯局，再說了，去見那人時來回花費的時間又怎麼算？腦中不斷產生斤斤計較的想法，就算說我小氣也沒辦法，因為我是世界上最捨不得白白浪費時間和金錢的人。

這頓我來出。

我們去逛街吧!

哎呀~ 我只有一萬元吧,
借我一千元吧!

只要借我
一張千元~

我想買。

哎呀~
又少一千元了。

真討厭。

捨得出飯錢,
卻捨不得出一千元的一天。

需要空間

　　只要在家，我就會一直產生「我好像應該要整理一下」的想法。衣櫃裡有幾套好幾年都沒穿上一次的衣服，還有好幾個被零碎化妝品塞滿的盒子。藥罐中裝滿了不知道是什麼用途的藥物，筆筒內也插滿了好幾年都沒用的筆。不必去想這麼多的物品究竟是打哪來的，全都是我揹著、扛回來堆放的東西。

　　每次要邁入新年時，我就會下定決心要來一次大掃除，但說比做容易，我每次都想著這週末要做、明天要做，而這個想法也如包袱般在內心深處堆積。無論接下來的休息日有什麼事，我都要整頓一下，這樣也才能減少內心堆放的行李。就目前來看，我需要心靈空間更勝於家的空間。

我丟掉了分手之後依然無法丟棄的

照片和信件，

曾經痛苦難熬的時光

反而被整頓了一番。

我打造了能夠接納某人的

空間。

把空間清空

被摺起來的記憶

閱讀詩集時，在摺起來的那一頁發現了黃色便條紙。這是數年前交往的對象送我的詩集。文筆很好的他，交往期間寫了無數的信件和紙條給我。雖然大部分都是甜言蜜語，但他同時也是個用文字發洩怒氣的人，所以也有一些寫有傷人話語的信件。黃色的便條紙，帶我回到了在我心中也被摺起來的那段時光。

他是個孤獨的人，是我交往的對象中，唯一在孤單面前比我更脆弱的人。即便我們在一起，也無法填補彼此的孤單；雖然很了解彼此，但從一開始就是無法契合的拼圖。許久沒翻開的書本中的字句，令我感到悲傷莫名。如同時間久了，就連堅硬的鋼鐵也會腐蝕，曾經閃閃發光的銀也會失去光芒與變色般，那本書也不像從前那麼溫暖了。

關於維持距離、允許靠近

不聯繫的關係

那位朋友從一開始就跟我很合拍，喜歡的電影、音樂等，所有嗜好都與我很相似。彼此喜歡什麼東西，現在是什麼心情，都不必說明或解讀，但個性上卻偶爾會起衝突。兩人雖然都很直率，但朋友比我更直率一些，而我也多了一分小心謹慎。一有問題，朋友就會直言不諱，而那些刺人的話語經常層層堆積，直到某一刻嘩啦啦地潰堤。雖然過去我們也起過爭執，但過沒多久就會開始想念彼此，兩個三十幾歲的女人，還一把眼淚、一把鼻涕地重逢。但如今，我們成了互不聯繫的關係。

朋友，有從小到現在一直都很親暱，有短短幾個月內就變得超級要好，也有認識幾年之後，最後成了對聯繫會感到尷尬的關係。當時的我們，分明是朋友無誤。在那幾年，對彼此是莫大的喜悅，也是珍貴的存在。

不是每個人都留了下來，但對我來說都曾經玉珍貴。

獨影愛好者

　　我很喜歡一個人在電影院看電影。因為不想一點風吹草動就受到妨礙，所以我會盡可能坐在前排，想吃的東西也是隨心所欲地挑選。據說邊觀賞邊吃東西，會比平時吃的量多出接近一倍，但也是因此才覺得更棒吧。其中最大的快樂，莫過於不必掩飾自己的情緒。有時我會笑出聲，落淚時也會嗚嗚大哭出來。我喜歡在電影播完之後，坐到字幕跑完為止，如果自己一個人去，就能放鬆心情吟味，而不必看他人的眼色。

　　不久前我和朋友一起去看電影。因為不能痛快地哭一場，所以我又獨自跑去看同一部電影，卻無法完整地感受初次觀賞時的情緒了。想哭的時候就該哭個痛快才對啊，果然我還是喜歡一個人看電影，就像一個人閱讀那般。

炎炎夏日，

從悶熱的公車下車，

回家後沖個澡，

坐在電風扇前面，

一邊享用西瓜和冰棒，

一邊看電視的時光。

幸福，不過這麼簡單。

心的形狀

　　老家有幾天沒人在，所以我難得回了一趟鄉下，意外發現多了個淨水器。因為廚房用品也全數移位，在找不到杯子的情況下，於是我拿著眼前的淺盤，放在淨水器前按下按鈕。沒想到水柱四處噴濺，噴出來的水比裝在盤子中的還要多。我心想這樣不是辦法，翻箱倒櫃找了一陣子，終於找到了杯底很深的玻璃杯。重新裝水時，剛開始水柱朝杯子內猛力噴濺，但裝到一定水位之後，水勢也就緩和了下來。

　　因為我的心很淺，即便受到些微刺激，情緒也會四處噴濺。假如我的心能夠再深沉一點，即便面對劇烈的水柱，應該也能全然包容，也就能更柔軟地接納一切了。我能像這個又長又深的玻璃杯般，成為內心像那種形狀的人嗎？

心靈越是碎裂，
我就越被填滿，

悲傷多少，
文章就閱讀多少，歌曲也聆聽多少。

懊悔多少，
就有多常回顧自己，

失去愛情時，
我再次更專注自己。

仔細想想，
清空並不是失去了什麼，

無論用何種方式、用哪些東西，
我一直都在替空缺填補東西。

空缺與填補

無法再次相同

　　我將襄陽短暫之旅寫成了文章，但因為不熟悉電腦操作，結果資料全都沒了。這是早上一起床就發生的事，但我卻很罕見地沒有發任何脾氣，反而只是呆呆地度過了一天。相同的文章絕對無法再寫出來，這就和畫畫相似，無論再簡單的構圖，也無法創造一模一樣的線條。猶如即使看著相同的樂譜，彈奏相同的鍵盤，鋼琴也會依據彈琴者而發出不同的樂聲。愛不也相同嗎？我也曾經深愛過，分手後又重新交往。只要重新開始，就能像剛開始一樣順利交往吧，但最後都會在某個點上頭突然被絆住。無論再努力想回到曾經美好的當時，也無法完好如初。

高中時，
我學了水墨畫，

把筆拿好

用沾取墨水的毛筆，
在薄薄的韓紙上作畫時，

很容易會暈開，
或者線條斷掉，

所以要重新上色
或修正都很麻煩。

一筆一畫勾勒

我必須聚精會神地
一次畫好。

這是從頭到尾全神貫注
所完成的一幅畫。

水墨畫的魅力

令人後悔的話

　　那天我很生氣。剛開始，不管他做什麼，我都覺得很
美好，但討厭的感覺卻不斷出現，累積多時的傷人話語也
跟著脫口而出。我就像是在沙灘上撒了一捆細針，說出尖
銳鋒利的話語，而他再次用雙手安撫了摻有細針的沙子。
那一定很痛吧？我們就這樣交往了，接著在夏天來臨之前
分手了。我不時會想起當時的自己。想到自己的沒出息，
想起那些沒出息的話語和心情，感到既愧疚又揪心。

後悔又能怎樣

微妙又奇怪的心情

　　聽到了以前交往的人要結婚的消息。回到家之後，開始莫名心神不寧。不對，「心神不寧」這個說法並不恰當，我試著想幾個可以替換的說法，但總覺得缺少了什麼，所以反覆寫了又刪、刪了又寫。也許是因為這種心情是頭一遭，所以才會說不上來。

　　吃了一頓豐盛的晚餐。身體洗淨之後，我躺在床上滑手機，毫不費力就找到那人的社交網路帳號，因為他是個很簡單的人。照片中的他笑得很燦爛。明明我也不想和他重新交往，但感覺就像這人身上被蓋上了永遠見不到面的烙印，微妙又奇怪的心情，就像肚子一樣圓鼓鼓的。

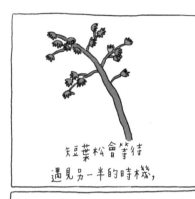

短葉松會等待
遇見另一半的時機，

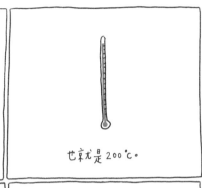

也就是200℃。

當山火大起，達到高溫，

這時松果就會裂開，撒下種子。

炙熱的溫度，可能會置人於死地，

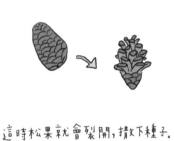

但唯有達到滾燙的燃點，
才能啟程去找另一半。

温度

夜晚迎面襲來

雖然在外頭玩得很盡興，但一回到家，

卻彷彿吃下了顆粒非常細的孤單藥。

淒涼的夜晚如潮水般迅速襲來。

是從什麼時候開始，像這樣感到孤單的呢？

是年輕時不識孤單的滋味？

又或者是因為早早就入睡，所以無暇感受夜晚的漫長呢？

隨著年紀增長，睡眠逐漸減少，

就算晚睡也沒人會嘮叨，

悲傷的夜晚也越來越頻繁。

「每個人都是孤單的。」

不孤單的人生，難道是天方夜譚嗎？

天氣變冷了，
就趕緊鑽進被窩裡。

仔細想想，
棉被是一種伴隨在身旁許久的物品。

從出生到死亡，

一天有很長的時間，

被它擁抱著，覆蓋著，

以它龐大的暖意。

物品給予的安慰

親暱的標準

「她說跟妳很熟吧。」

朋友問我認不認識那個人，雖然目前要說熟也有點尷尬，但我只問朋友兩人見面時開不開心。回家之後，我也一直在想我和那個人到底熟不熟。我們一起吃了兩次晚餐，其中一次喝了酒，曾經一起去看展覽，也喝了杯茶，到了新年或中秋時會傳訊息寒暄問候，那我們算熟嗎？

世界上沒有什麼朋友的標準，也沒有親暱的標準，所以有人說跟我很熟就變成了問題，但我還是會遲疑地說：「我們還不算熟吧……」

親暱的關係，必須是隨時能輕鬆打電話，就算闊別許久，再次見面也不會尷尬才對。即便事情微不足道，也能毫不猶豫地說出來，就算請對方吃飯也不覺得可惜，隨時跑來我一個人住的家也能收留對方一晚。啊，越想就越覺得，要說那人跟我很熟，實在是差遠了。

怎麼想，還是覺得尷尬。

眞正的我

　　幾天前去了布帳馬車❶。我本來不算是嗓門大的，但一來到布帳馬車，要點菜時就會拉開嗓門高喊「阿姨！」三不五時還會抖動肩膀，嘰哩呱啦地大聲嚷嚷。昨天我去了一家高級餐廳。每上一道菜，就會在享用前先擦拭一下嘴巴，也很努力避免醬料沾到盤子上，吃飯速度也非常慢。

　　仔細想想，和朋友見面時也都有些許不同。搭乘要好的朋友的車子時，我會在副駕駛座上像個大叔般盤腿，和朋友大聊特聊；搭乘彼此有隔閡的人的車子時，就會將雙腿整齊併攏，行爲舉止更加小心翼翼。在某些人面前表現得很刁鑽，在某些人面前卻很和善。我究竟是什麼樣的人呢？我眞實的面貌又是什麼樣子呢？

---

❶韓國的路邊小吃攤，多用帳篷搭建臨時營業區域，販售紫菜飯卷、辣炒年糕及下酒菜等。

不是天使，也不是惡魔。

成熟的直率

　　和我是舊識的人經常會告訴我，要拋下直率的強迫症，單純爲了讓自己變得透明而說出不必要的話，對人際關係無益。

　　但假如不能直率，我就會覺得自己在欺瞞對方，心中產生疙瘩。雖然討厭拋棄直率的自己，但我也不想對別人造成傷害。不知道有沒有比較成熟的直率方法呢？

名為直率的包裝

自炊生活的妙招

　　經歷十五年的自炊生活，我多了一項妙招。我和住在解放村的好友們借了輛車去超市，但主要都是在超市打烊的兩小時前。大家都很會精打細算，動作也十分老練。晚上到超市買菜，會有一種同時在花錢與賺錢的感覺。

　　有時我能以七千元買到價值一萬元的整組商品，也有將各種東西捆在一起的萬元商品，卻只要五千元就能買到。我感覺自己好像賺到了五千元，忍不住眉開眼笑。今天我買了鮪魚生魚片、大特價的牛肉、活動檔期的捲筒衛生紙、附贈密封保鮮盒的麥片和幾個水果。哇，今天賺了兩萬元呢！

住在同一區的好友

摩托車

前往江南的路上總會塞車，

可是卻有輛摩托車在堵塞的道路之間蛇行穿梭。

才剛經過我旁邊，轉眼間卻消失得無影無蹤。

「啊，真希望我的人生也能這樣一路向前，毫無阻礙。」

朋友回答：

「這樣很危險。」

也對，每件事都有一體兩面。

能目睹美景的資格

無法習慣的

那一天，我很想躲在黑暗裡。在飯局上，一位熟人對我說：「妳什麼都不是，我認識的畫家啊，畫作的價值達數十億呢。」聽到別人說自己什麼都不是，瞬間我就變成了那種人。我所擁有的就只有自尊心，聽到其他很活躍的畫家有展覽的消息也沒有動搖，反而心生尊敬，可是熟人的一句話，我那宛如堅實堤防的心卻多了一絲裂痕。接著，悲傷瞬間從那個縫隙擴散開來。

看來我的堤防是由自尊心打造的吧，心嘩啦啦地潰堤，熱情也從中快速流逝，內心宛如被水浸濕的韓紙般黏稠沉重。

既然已經向好友吐了苦水，就別在意這宛如塵埃般的小事，還是專心吃飯吧。我和好友一起吃了烤肉，喝了杯燒酒，接著一起散步，坐在解放村的階梯上。抬頭，能看見月亮高掛天上。和好友大聊特聊之後，濕答答的內心也逐漸變得乾爽。是啊，曾經濡濕的我的心，只要花費時間好好晾乾，也會如乾燥的韓紙般更加堅韌牢固吧？

彥妊，
妳的夢想是什麼？

嗯……

一直寫作畫圖，
直到我變成老奶奶！

夢想

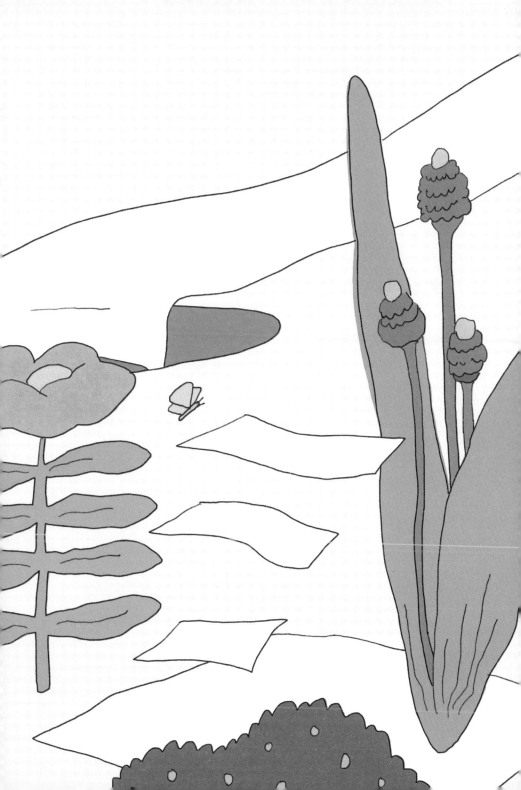

兩種人生

　　有些人凡事都很負面消極，總是將「所以不行」、
「好煩」掛在嘴邊。對那人來說，每一刻都有狀況發生。
搭地鐵時，因為人潮眾多而生氣，陽光太強時討厭臉被曬
黑，吃飯時因為很難吃而煩躁，一起看電影時又會說很無
聊，根本是在浪費錢……一天到晚只說這種話。

　　不過還有另一種人，搭地鐵時會說最近自己很喜歡
某首歌，將耳機遞給我，要我聽聽看，還說在陽光的照耀
之下，心情也跟著好了起來。碰到餐廳的調味很淡時，對
方會說這樣吃很健康，還會說光是和我一起看電影就很開
心。

　　這裡存在著兩種人生。

正面想法　　　　負面想法

空虛

　　幾天前我才將指甲剪得很短，但不知不覺又長出來了。我只把窗戶稍微打開一點點，風勢卻一直很強勁。我聽見媽媽和朋友在通電話的聲音，弟弟邀我等一下一起去看電影。下班之後，爸爸在準備奶奶過去經常做給我們吃的燙章魚片。儘管得到了滿滿的愛，儘管日子過得風平浪靜，卻還是覺得缺少了什麼。度過一帆風順的一天又一天，卻莫名感到孤單或悲傷。為什麼會經常有這種空虛感呢？我花了好幾天思考，卻依然不知個中原因。我明明就過得很好啊！

孤單就像打噴嚏，想藏也藏不了。

窗外的風景

「這麼快就回來啦？」

爸爸暈倒了，所以我急急忙忙地趕回金泉，當時是晚秋，因為多人病房已經沒有空位，所以讓爸爸住進了一人病房，沒想到門一打開，床鋪般大小的大面窗戶就映入了眼簾。

晚秋，窗外的小山一覽無遺。並不是因為距離遙遠，所以山才顯得特別小。窗戶中的山，是接近村子裡的那種山坡，但說是規模很大的山又有些牽強。

美麗的晚秋，在躺臥在病床上的爸爸背後，色彩華麗繽紛、或紅或黃的樹木宣告秋日的消息。當媽媽撫摸爸爸的雙腿和頭部時，窗外隨風搖曳的樹木正好都有五顏六色的葉片簌簌落下。

爸爸都生病了，秋日竟然這麼美麗。都這節骨眼了，我還有心情欣賞那片風景，一種不自在的自責感向我襲來。

什麼樣的心情

大家都是帶著什麼樣的心情生活呢？

鬱悶的心情，

窒息的心情，

幸福的心情，

悲憐的心情，

大家都是帶著什麼樣的心情生活呢？

是如骨牌倒下般隨波逐流嗎？

我們又該帶著什麼樣的心情生活呢？

就算看起來華麗幸福，

就算看起來和平靜謐，

就算看起來無憂無慮、生活富裕，

那都只是表面看起來如此而已。

其中是以何種想法和情緒者填滿的，

外人並不知情。

最難的莫過於人心

第四章

心潮澎湃

就算不去催促

　　今天是二十四節氣中的「雨水」，也是冰雪融化、綠芽綻放的時機。生活在這世上，人心也會碰上幾次像雨水般的日子。接著，經過再次炎熱的「小暑」，與晝短夜長的「秋分」相遇後，偶爾會在最寒冷的「小寒」獨自哭泣。但是很快地，「清明」就會到來。

　　有些事情，時間久了就能解決。一天活過一天，雖然偶爾會哭泣，但好日子很快就會來臨。即便梅雨不斷，只要過了幾天，烏雲就會散去，使潮濕衣物變得乾鬆柔軟的太陽也會現身，如此周而復始。

時間

早餐

「來吃飯了。」

早上起床刷牙洗臉，忙碌地做好準備時，就會聽到媽媽連聲呼喊我過去吃飯。我們在早晨的飯桌上一來一往聊了許多，嘰嘰喳喳地聊起學校生活，零用錢不夠時，也會趁這時候悄悄說一聲。爸爸和媽媽一整天做了什麼，也是在享用早餐的時候知道的，像是媽媽說醃了楤木芽醬菜，過幾天就能吃了，又或者是爸爸說自己昨天流了鼻血，看到血流不止而大吃一驚等瑣碎小事。

早餐，是各自展開一天之前，在起跑點上迎接的溫暖力量。媽媽為什麼要那麼認真替我們準備飯菜呢？吃完飯出門時，媽媽還不忘叮囑我們在外頭也一定要好好吃飯。隔天，還有隔天，我們也像這樣一同吃了早餐。

生日就該
喝碗海帶湯。

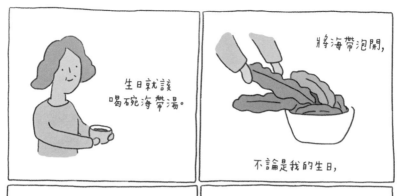

將海帶泡開，

不論是我的生日，

擰乾水分，
將海帶和牛肉一起拌炒，
再加入蒜頭～

爸爸的生日，

只要持續沸騰就行了，
再用醬油和鹽巴調味。

或是弟弟的生日，媽媽都煮了海帶湯。

至於媽媽的生日，

則由我們去買菜，
煮海帶湯給媽媽吃。

在摯愛的人生日時，煮一鍋海帶湯。

心潮澎湃

　　我在大邱近郊的漆谷舉辦了第一場美術館展覽，那是一場和多位知名老師一起舉辦的展覽。開幕時，因為我患了重感冒，所以沒辦法共襄盛舉，幾天後才和媽媽一起去了美術館。我很久沒有讓媽媽在展場看我的畫作了，因為一般都是在首爾舉辦，行程上喬不攏，加上讓媽媽去規模小的展場也讓我有點猶豫，所以一直拖延到那時候。從美術館的入口開始，就有內部人員熱情地迎接我們，陪我們一起看展，逛完美術館的每個角落。因為對方實在太過無微不至地款待我們了，我感到很不知所措，但稍微看了一下媽媽的表情——簡直是喜上眉梢。

　　去完美術館，我們和爸爸碰頭，一起去吃了頓飯。那是爸媽很熟的餐廳，所以和老闆天南地北地聊了許多，結果媽媽說：「您有去過漆谷新開的美術館嗎？那裡很大、很不錯呢，帶孩子們去一趟吧。」接著便將網路上的照片秀給老闆看。老闆一頭霧水，笑呵呵地說了聲好。回到家之後，媽媽也不忘把美術館的網址傳到和好友之間的聊天

室，還在電話中邀好友一起去美術館。沒想到我的展覽會替媽媽帶來這麼大的喜悅，感覺我好像太晚才把這一面展現給媽媽看。這是我開始創作之後，第一次沒有心懷愧疚的日子。幾天後，住在金泉的朋友把在美術館拍的照片傳給我，告訴我，「真開心能和同行的人炫耀這是我朋友畫的，還有妳是我朋友這件事。」啊，頓時真是心潮澎湃。

媽媽，我愛妳。

全然信任

插畫接案久了，會遇到各種類型的客戶。有些客戶雖然要求兩種視覺表現，但我會再多提供一些選擇，但有些客戶我就只依要求的分量去做。畢竟這份工作沒有正確答案，所以也曾接到讓人費解的訂單，好比說「我希望能像春天般溫暖，但色調要給人冷冽的感覺，看起來簡單，但要給人一種有想像空間的豐富感」。站在創作者的立場上，只覺得很尷尬難懂，而且這種情況通常也會改來改去。

如今如果碰到這種不明確的說詞，儘管覺得可惜，但我會在開始動工之前就先拒絕。我自認沒有那種能力，也認為趁耗盡能量之前先打住對彼此都好。當然，假如我的身段稍微柔軟一些，我也可以花很多時間摸索「冷冽的春天」是什麼，讓這個案子進行下去，但這種工作方式並不適合我。

有些客戶則是百分之百信任我。

「請畫家您先看一下，憑您的感覺解讀後作畫。」

在這種毫無限制、能夠盡情表達想法的情況下，反而

會浮現更多點子。加上又能節省時間去推理模糊不明確的訂單，不僅能夠提升成果品質，每一次我也會提供客戶比原本的要求更多的視覺表現。有時，帶著信任託付他人，才是最聰明的做法。

我女兒會騎自行車啦！

你夢想的是什麼？

我看了電影《安藤忠雄：無‧限》。這部電影接近紀錄片，是關於日本知名建築師安藤忠雄的故事。電影開始大約十分鐘吧，我悄悄地拿出筆記本抄寫他說的話。

「一分鐘的喘息。」

「想要更上一層樓的心。」

「人生靠的就是出手一擊，失敗了，道歉就行了。」

「用必死的決心去面對。」

「想像力。」

「你夢想的是什麼？」

他說的一字一句都打中了我的心。電影播完後，回家的路上我都在重溫筆記本上寫的佳句。就連爺爺輩的建築師都這麼熱血了，身為接近四十歲的年輕人，我又夢想著什麼呢？我是否懷抱著夢想？

是啊，一輩子燃燒熱情吧！

哪有什麼我做不到的事！

立竭盡全力做某件事的時光

天空的本性

天空之所以美麗，是因爲善良的本性，

當數億顆星星高掛時，天空就會悄悄地轉爲黑幕，隱身在後，

好讓星光更加耀眼。

下雨時，天空會將自己渲染成灰色調，

好讓雨水不會在豔陽高照下消逝不見。

相反的，碰上出太陽的日子，天空會鋪陳一席深邃的藍天，

以突顯陽光的存在。

天空擔憂有人會埋怨太陽的熾熱，

甚至悄悄地放入大片雲朵，打造涼蔭。

天空懂得讓他人更耀眼的方法，

所以只要聽到「天空」兩個字，

即使只是抬頭仰望天空，

起皺的心，也會稍稍舒展開來。

不久前我在看 YouTube 時,
推薦影片出現了吃播 BJ。

平常我不太看吃播節目,但我很喜歡
她的善良氣質,所以忍不住一直看。

她將部分收益捐給了育幼院,
分享傳統市場和攤販的美食給大家

親愛的

看完影片之後,
我對男友說:

我們把部分省下的結婚費用,
拿去幫助不幸的鄰居
好不好?

好啊!

內心感到一陣溫暖。

善良的影響力

因為很開朗、很溫暖

　　我和請了半天假的世妍到金泉一個小型蓮花池畔吃飯，喝了杯咖啡。

　　「感覺好棒喔。」

　　「從高中開始，三不五時就跑來這裡，到現在還不膩啊？」

　　「享受悠閒本身就很棒啊。」

　　世妍說，一大清早就必須出門上班，直到晚上才能回家睡覺，起床之後又得再次鑽進建築物。日常生活如此，所以白天能像這樣跑到外頭，就已經覺得很幸福了。

　　「我超級喜歡明亮的感覺。」

　　「是喔？我喜歡暗暗的吔。」

　　話說到這邊，恰好有一朵非常微小的蒲公英種子，如電影畫面般飄至眼前。

　　「妳看吧，如果灰濛濛的，看得到這個嗎？」

她笑著說，用雙眼把每一樣東西裝盛在眼中有多珍貴，如果不想錯過任何人事物，果然還是明亮一點比較好。我們在陽光隱隱約約照射的地方坐了許久，全身領受春日的陽光，雖然有些毒辣，同時又讓人感到溫暖。啊，所以我才會和世妍見面吧，因為她整個人很明亮、很溫暖。

從高中開始，
我就經常到世妍家玩。

我是吃著世妍的媽媽
做的飯菜長大的。

阿姨～

現在只要回到金泉，
我也不時會去世妍家。

高中就很喜歡吃炒香菇和炸東辣椒，
無論何時吃都很美味。

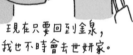

我們就是分享著

這些瑣碎又偉大的事情長大的

最佳死黨。

我真的以為是這樣

爸媽從金泉上來參加東載的畢業典禮。雖然年齡有一大段差距，但我們姊弟倆比較特別，平時經常聯繫。弟弟的個性稱不上是安靜，但也不是聒噪的類型，而且只和少數朋友來往。不對，是我以為是這樣。

託弟弟的福，我第一次見識到韓國大學的畢業典禮是怎麼一回事。從學校入口開始就擠滿了花販，身穿畢業袍與沒穿的人融合在一起，場面可說是人山人海。最令人感到神奇的，莫過於懸掛在大學各個角落、寫著恭喜和加油字樣的各種橫幅布條。我忍不住想，那些同學究竟在學校有多受歡迎，和朋友之間的關係又有多好，所以朋友才特地製作那些東西來掛呢？沒想到遠處在東載他們科系前面的布條卻映入了眼簾，上頭印了東載的臉。

我忍不住瞪大眼睛，再往前走，又看到了弟弟的臉。還不止一個，甚至還設了立牌，有數十個人祝賀東載畢業。自從弟弟國中時帶了很多朋友回家之後，這是第一次看到他和這麼多人在一起。

什麼，原來東載是這樣的人？

　　我自以為和弟弟很親近，沒想到卻不太了解他。身為「人氣王」的家人，畢業典禮結束之後，我們一家人和二十名弟弟的朋友一起吃了飯。見到東載有這麼多好朋友，爸爸似乎很有成就感，從頭到尾笑得合不攏嘴，媽媽則是三不五時就把橫幅巾條的照片拿出來觀賞。哎喲，真沒想到東載在外頭是這種人呢，以為是家人就無所不知的想法，是一種失算啊，失算！

就連花生也都各自不同呢

禮物的完成式

　　不久前熟人開了茶館，對方為了感謝我幫忙製作LOGO，於是將茶葉送給我當禮物。茶總共有四種，每一種都細心地寫上了便條紙。

　　普洱茶：抗氧化效果卓越，預防老化。

　　茉莉花茶：具清血護肝功效，能舒緩眼睛疲勞。

　　洋甘菊茶：胃腸不好、睡眠障礙、頭痛或有壓力時飲用。

　　檸檬茶：舒緩壓力和助眠。

　　普洱茶很珍貴，所以我想在享受悠閒時泡來飲用，茉莉花茶是在眼睛疲勞時，覺得筋疲力竭時就泡檸檬茶，就寢前則是泡洋甘菊茶。

　　不久前，我第一次泡普洱茶，一邊啜飲一邊上工。那一週的週日喝了檸檬茶，今天則是喝了洋甘菊茶。泡茶來喝的時候，才覺得這份禮物有了完美的句點。我嗅聞著茶的芳香，想起了對方悉心寫下的便條紙。雙手摸著茶杯的溫度，就連心頭也變得暖洋洋的。

喝茶的過程，

是一種等待的美學。

蘊含時間的茶葉

泡茶的時候，先用熱水溫杯。

水煮開之後，

用雙眼觀察茶的色澤

用鼻子仔細品味茶香

悠閒地吟味

用右手舉杯

用左手掌心托杯，分成兩到三次啜飲。

泡出茶的滋味。

真好。

茶道，是以緩慢完成的完整時光。

等待的美學

輕鬆就變年輕的方法

　　眼角的黑斑越來越明顯了，因為已經在意了好幾天，於是我求助於能有效去除黑斑的雷射治療。因為有近一週的時間不需要外出約會，因此我毫不猶豫地去了皮膚科。和醫生討論完，在黑斑上頭啪、啪打了雷射後，我拿著醫生開的處方藥物回了家。第一天臉蛋很紅腫，第二天顏色變黑了，到了第三天就更嚴重了。據說醫生開的藥物有助於藉由小便排出黑斑，就這樣過了十天，整張臉很明顯地容光煥發。和朋友碰面之後，我問：

　　「我的臉看起來怎麼樣？」

　　「妳變瘦了嗎？」

　　這是我得到的回答。我告訴朋友，我去做了雷射除斑，這時朋友才說我的氣色看起來明亮了許多。回家之後，我再次觀察自己的臉，明明就和十天前截然不同啊。雖然好像只有我有感覺，但原本心中的疙瘩已經消失得無影無蹤。

由於恰好有優惠活動，所以沒有砸什麼大錢，但臉上的黑斑卻像用橡皮擦擦掉般不見了！雖然我每次都說自然就是美，上了年紀也無所謂，但實際接觸這種技術之後，滿足感不禁油然而生。這就叫做用金錢買年輕嗎？下次我也得送媽媽去體驗這種輕鬆變年輕的方法了。

花錢買的是我的心安

從簡單的事情開始！

　　1. 一再拖延的牙齒治療

　　2. 必須手洗的衣物

　　3. 快過期的冷凍食品

　　4. 資源回收

　　5. 回覆手機訊息

　　6. 繳交工作室的電費

　　去年曾因為版權的問題而承受超大的壓力，在那之後，我就會使用這個方法，就是先把會造成壓力的事情全部寫下來，接著從最容易解決的事情開始逐一解決。

　　我先用手機繳交了工作室的電費。心中暢快多了。第二，我回覆了遲遲沒回的手機訊息，回完後果然也很舒暢。我穿上衣服，在前往牙科的路上做了資源回收，回來的路上買了冷凍紫菜卷，以及兩千元要配著吃的辣炒年糕。我用平底鍋將紫菜卷煎得酥黃，沾辣炒年糕的醬料來吃。飽餐一頓後，我拍打肚子休息了三、四個小時，接著才拿起需要手洗的衣物，沖了個澡。我一邊用雙腳踩衣

物，一邊清洗身體。神清氣爽地清洗乾淨，再用浴巾擦乾身上的水氣之後，把散發柑橘香氣的精油倒在手上，湊到鼻子前，接著就直接投入床鋪的懷抱！一整天累積的壓力就這樣全數解決了。

　　躺在床上的我，覺得自己是世界上最幸福的人，心情變得與早晨截然不同。

從微不足道的事情上頭找尋安慰

做給妳們看

開始運動一星期了，住家附近有私人教練開的團體課程，但因為費用的負擔比一對一少，所以我馬上就掏錢付款了。教練是巴西人，來上課的人包括日本女生、加拿大女生、韓國男生和我，一共四個人。第一個小時是上半身運動，第二個小時是下半身運動，第三個小時則是全身運動。通常我都只從事游泳、打壁球或羽毛球等有氧運動，現在卻突然要做肌肉訓練，差點就要了我半條命，甚至四肢開始抖個不停。運動的第一個目標是減肥，但內心卻暗自在意起和好友們在聊天室說的話。

「我要減肥。」

聽到這一句話，無數建議和訓誡頓時排山倒海而來。因為都是很要好的朋友，所以她們每一餐都會確認我吃了什麼，還叮囑我運動要這樣做或那樣做，大家的嘮叨程度非常驚人。所以，我宣告「這次我一定要減肥！」之後報名了運動課程。雖然知道大家都是出於擔心，但我說的話卻絲毫沒有任何公信力。

我就做給妳們看！

　　雖然身體痛苦不堪，但因為在好友們面前說了大話，所以我每次都乖乖地去上課。雖然上課時的感覺好比逆風前行，但至少我堅持不懈！

　　「週末時可別掉以輕心！」

　　哎喲，嘮叨眞是沒完沒了。好，這次我一定會做給妳們看！

以各自不同的方式，靜靜流逝的一天。

什麼都不做

「什麼都不要做,專心休息!」

聽到我深受「非得寫文章」的強迫症所困擾,朋友於是這麼說。

今天我真的打算這麼做。睜開眼睛的時間是早上五點四十六分,起床的時間和平時差不多。起床之後,我從冰箱中拿出水喝,接著便坐在沙發桌子前面發呆。我想起了前男友,也想到了父母和弟弟,之後又想起了好友們。最後,我拿出媽媽做的小菜,吃了飯後,又跑回去睡回籠覺。

直到下午我才再次起床,一邊沖澡,一邊望著外頭。我家位於三樓,洗手間是面向馬路,所以可以看到對面的屋頂和其他人家。今天一整天,我都不需要趕時間,所以我在蓮蓬頭底下望著對面許久。對面的阿姨提著籃子上樓了。我嚇了一大跳,趕緊關上窗戶,只留下一公分的空隙。雖然阿姨看不到我,但我依然可以將阿姨、屋頂及對面的風景看得一清二楚。阿姨摘了生菜和各種野菜之後就

下了樓。

　　沖完澡之後，我仔細地用身體乳液塗抹全身，心想著：手肘稍微變粗了、該剪指甲了吧。接著，我裸著身子坐在電風扇前面。這樣過了一天之後，我又想寫文章了。偶爾，我也需要什麼都不做的時光。

知道大自然何以美麗嗎？

是因為它很自然呀！

就算草長得歪歪斜斜，

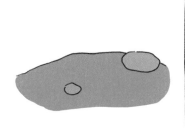

就算沾上了一點泥土，

就算花朵枯萎凋零，

也可以很自在，不需要武裝自己。

自然

想見的心情

想見某人的心情恰似指甲，

它毫不停歇地逐漸變長，

你卻未曾發現它的變化，

於是錯過了要剪掉它的時機，任它長了許久。

想見對方的心情，思念對方的心情，

即便是入睡時，集中精神在其他事物時，

它也會兀自長大，

直到有一天你才赫然發現，原來它已經長這麼長了。

被染紅的不是鳳仙花，是我的心。

只是朋友

「妳是彥姃吧？」

不久前我和世妍走進了龜尾的一家服飾店，結果那間店碰巧是高中同學開的。雖然沒有同班過，但當年也經常玩在一起。高中之後彼此就斷了聯繫，沒想到對方已經是堂堂的服飾店老闆了。首先，店裡有很多符合我的品味的衣服，所以這家店合格了！雖然我很少買衣服，但這次趁著朋友給的折扣優惠買了兩套洋裝，以及對方強力推薦的牛仔褲。

「妳們都結婚了嗎？」

接著，我們開始聊起了往事。雖然隔了十五年才見面，但感覺就像回到了高中時期般，彼此聊得很熱絡。話題從不久前有個人結婚時，新郎哭得一把鼻涕、一把眼淚開始，到誰生了兩個小孩，誰又當了老師，遺忘多年的朋友們的近況頓時紛紛出籠。

當年，我們什麼都不過問也不追究就成為朋友的。

所以，即便多年後重逢，彼此也依然是朋友。

婚前要發喜帖時，

她可能會有壓力

是不是太疏遠了？

他十年前就結婚了吧……

最大的煩惱，就是要告訴誰「我要結婚了」

喜帖，寄給誰

我問了好幾個人，也在網路上搜尋。

我的基準是，

哇～真心恭喜妳！

「我也會想參加那個人的婚禮嗎？」

全心全意祝福，替對方高興的。

用整顆心

分享喜悅

那種人，那種關係。

想和他們一起走過人生重大日子的人

人生的所有畫面

　　身邊的人接二連三地結婚，最近生孩子的朋友也不少。好久沒用IG了，沒想到點進去一看，就是一張和朋友長得一模一樣的孩子照片。大家怎麼都和父母像是一個模子印出來的呢？基因這種東西真是神奇。雖然沒有看過朋友小時候的模樣，但透過孩子的照片，彷彿遇見了當時的朋友。

　　多數夫妻都是成人之後才締結姻緣，所以兩人的記憶都是始於大人的模樣。從相遇的那一刻開始，年歲逐漸增長，彼此的模樣也逐漸累積，接著夫妻倆就有了與彼此相似的孩子。我試著想像他們看著孩子，心想著「原來對方小時候是這副模樣呀」的情景。也許，他們透過孩子窺探了對方的童年，也逐漸了解彼此人生的每一瞬間。結婚，真是一件偉大的事。

相似的人，家人

回憶恰似蜂蜜

回憶恰似蜂蜜，

它既不像酒精般，在短時間內揮發，

也不像火柴般，點燃之後就化爲灰燼。

回憶會隨著時間變得黏稠，

滾燙時會呈現透明，看不太清楚，

冷卻後就凝固了。

記憶的滋味越是香甜，

回憶也就越不容易遠離。

記憶透過時間

一張張累積。

雖然有些會被風吹走，

有重量的記憶，
卻始終占據內心深處。

我們在生活中
持續累積這些記憶，

時間久了，
就稱它們為回憶。

一張一張，層層累積。

耀眼的青春

　　初夏的某個週五晚上，我到梨泰院赴約。梨泰院和解放村非常靠近，可是從燈光開始就不一樣，從熱絡的人潮和他們的穿著打扮，早早就能感受到盛夏的氣氛。

　　二十幾歲時，我會先留意到低胸的衣服，最近則是會最先留意到青春才能擁有的彈性肌膚與透明感。就算臉上有青春痘，就算化妝手法生疏，青春本身就足以令一切黯然失色。心情就像是在看春天綻放的油亮新葉，和朋友見面之後，我們仍繼續聊著這些話題。

　　「雖然我們現在也還很年輕，但如今看到那種青春，就覺得很美，對吧？」

　　「對啊，好耀眼。」

　　就連隨風飄揚的髮絲都顯得好美。接著，我問朋友想不想再次回到二十幾歲的時候。

　　「不想，我二十幾歲時過得很痛苦，我喜歡現在，妳呢？」

　　「嗯，雖然變老了，但我也好像比較喜歡現在！」

「吼，什麼啦！很好笑吔。」

我們從頭到尾一直讚揚二十歲有多好，最後卻說喜歡現在。朋友伸出手，替我拭去卡在眼睛下方的妝。現在眼周長了皺紋，所以很容易卡粉，看來睡覺時要記得把眼霜塗好塗滿才行。洗澡時，也看到了比以前下垂的胸部、蝴蝶袖和腰間贅肉。

正如同金窩、銀窩不如自己的狗窩，我同樣最喜歡現在的自己，也感到最自在。當年的我，不知道自己有多美，卻任其白白流逝。也許時光荏苒，往後我也會懷念此時的自己，認為現在的模樣很美吧？

我和要結婚的男友
一起去拜訪他爺爺。

走過九十個年頭的爺爺,

用皺紋滿布的雙手握著我的手,

不停向我道謝。

這個也吃吃看。
很好吃。
還有這個。

爺爺把吃的東西拿到我面前,

哎喲,好可愛。
你漂亮。
你們兩個要幸福。

不斷稱讚我漂亮。

爺爺究竟感謝什麼,
又是覺得哪裡漂亮呢?

計畫，就是沒有計畫

　　和恩善說好要去香港旅行，但香港過去並不是我想去的城市。我對購物沒有太大興趣，對於華麗的城市也興致缺缺，所以老早就把這個城市排除在外，但最後決定要把香港訂為目的地，唯一的原因就是機票很便宜。我們都處於焦慮不安的狀態，我已經休息好幾個月沒工作，恩善也馬不停蹄地在國外進行作家活動，所以價格成了第一考量。

　　這是我第一次去香港，也是兩人初次一起到國外旅行，但我們沒有制定任何計畫。兩人都不是將旅遊行程安排得百無一漏、把每分每秒都排滿的那種旅行者。飯店也是看到價格合理的房間就下訂，而吃飯時，我們也打算悠哉悠哉地閒晃，如果看到有很多當地人光顧的店家，就不假思索地跟著進去。

　　所以，整趟旅程都很馬虎，但內心卻自在極了。恩善忘了帶內衣，所以必須在香港多買兩件貼身褲，我少了最後一天能穿的衣物，所以買了一件三萬八千元的洋裝。兩

人都沒有準備轉接頭，所以必須輪流充電，加上行動電源也沒帶，所以沒辦法拍很多照片。儘管如此，已經好久沒有在旅行時這麼輕鬆自在了。

抗噪

　　朋友說自己買了耳機，而且它具有抗噪功能。戴上耳機，按下抗噪按鈕後，咖啡廳的嘈雜噪音瞬間全消失了，感覺就像獨自待在空蕩蕩的空間。我心想「聲音怎麼會消失呢？」於是朋友替我解釋這是一種干涉現象的原理，是發射與外界噪音相等的反向聲波來消除噪音。真是太驚人了。

　　回家的路上我連聲讚嘆，這時下起了傾盆大雨。我說很喜歡雨聲，於是朋友又叫我戴上耳機。按下讓聲音增幅的按鈕後，雨聲頓時如雷貫耳，彷彿自己搖身變成了一把傘，傾盆而下的雨水全打在我身上似的。

　　竟然可以隨心所欲地消除與擴大聲音！這簡直是魔術嘛，魔術！

空間發出的聲音

仔細藏好

我經常會把筆電和iPad藏起來。旅行或回老家的時間比較長的時候就不必說了，就連只是晚上出去赴約一下，我也會惶惶不安，把這兩樣東西仔細藏好。它們的確是家中最昂貴的東西，但主要的原因在於裡頭存了我所有的畫作和文章，所以才更顯珍貴。

藏東西的地點每次都不一樣。因爲iPad有保護套，如果像書本般立在書桌上，乍看之下就會無法區分，至於筆電，我會放在床罩底下，再用棉被蓋住。

有一次回家時，我說自己事先藏好了筆電和iPad才出門，結果爸爸笑著說：「妳以爲小偷是笨蛋啊？」

是喔？我很擔心筆電和iPad這兩樣東西，所以總是將它們藏得很好咄，那麼坐擁財富的人都是怎麼生活的咧？

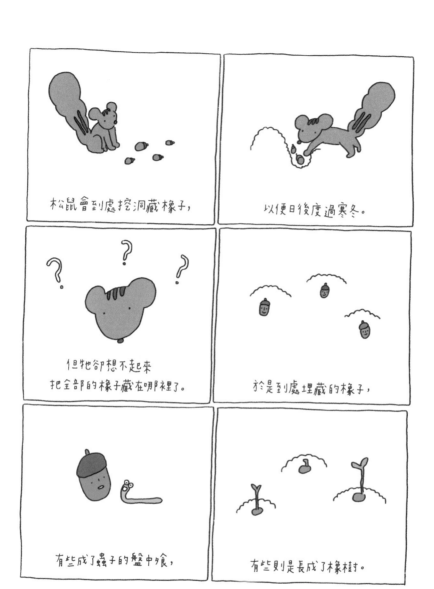

松鼠種植的橡樹

下雨時

梅雨季到了，

碰上下雨天，心就會變得柔軟，

停下手邊做的事情，靜靜地聆聽歌曲。

碰上下雨天，就算約會遲到了，

也會變得寬宏大量，要對方路上小心。

我喜歡下雨的聲音，

所以站在窗邊凝視許久。

我喜歡梅雨季，

也好喜歡下雨時，對彼此說

「記得帶雨傘」「衣服穿暖一點」的這種日子。

被困在室內的收穫

並不理所當然的事

早上吃一頓溫暖的飯，
朋友傳來「加油」的訊息，
獨自長得很好的花盆，
鄰居總是開朗地打招呼，
準時抵達的社區小巴，
讀起來興致盎然的書籍和音樂，
已經光顧好幾年的餐廳……
沒有一件事是理所當然的，
真的沒有。

煮美味大醬鍋的方法

Epilogue

　　我打算在家試做麻辣湯，所以從網路上添購需要的食材，結果有人分享的香菜購買心得吸引了我的目光。上頭放了一張把植株剪得很短的香菜種在花圃的照片，並寫著：「我故意買了有根的香菜，香菜好像喜歡陰涼的地方。」我盤算著要把做完料理之後剩下的香菜種在花盆裡，於是訂了一百克，隔天送來了八株有根的細長香菜。

　　種植有根的香菜的方法和其他植物相同。先在底部有洞的花盆中鋪上些許粗的砂石，上頭用細的泥土覆蓋植株根部，接著讓植物在蔭涼處休息一星期左右。過了幾天，如果植物必須移到更大的花盆，或者必須將枯萎的植物換盆時，也要給予足夠的水分，把它們放在照不到陽光的蔭涼處幾天。之後放著不管，有時奄奄一息的植物會死而復生，個子嬌小的植物也會逐漸茁壯，甚至冒出嫩綠色的葉片。

何止是植物？即便是在春夏秋季活動旺盛、體積龐大的熊，只要到了冬天也會挖洞鑽入，身手敏捷的松鼠和嗓門大的青蛙，也會中止活動進入冬眠。偉大而無所不能的大自然，到了冬季，一切生物都會保有暫時蟄伏的時間。

　　以「鴨子小姐」的身分工作五年的期間，我一次也沒有停下來休息。這段期間內我出了四本書，也曾因「鴨子小姐」這個筆名的相關版權問題而傷透腦筋。後來我覺得實在不行了，於是中止了活動。與其說是自行選擇，不如說是因為已經燃燒殆盡，所以不得不這麼做，而我也有了屬於自己的時間。

　　過去我的腦袋裡裝的就只有工作，這樣的我，有了一天、幾天，不，是幾個月的專屬時光。第一個月我無所事事地發呆，為此感到很痛苦，甚至必須在網路上搜尋應該怎麼休息，反倒比先前更抑鬱不振。

但熬過那段時間之後，日常開始有了轉變。隨便打發的三餐改成了用新鮮食材製作的料理，過去想參觀的美術館也幾乎都去了。我去了束草、濟州島、原州、釜山、越南旅行，也一口氣看完了過去沒看的電影和電視劇。花市、朋友家、去看姪子，每個地方我都去了。我曾經試過睡一整天，也寫了感謝信給一些人。我曾在爸媽家中做飯吃，也在菜園裡摘菜。讀了數不清的書，吃了不少美食，也去做了運動。我做了平時想做的事，以及令自己開心的事。

　　早上起床後，暫時停下腳步，不必為了處理某件事而奔波，那麼感激在心頭、開心的事情就會接二連三地浮現。儘管傷心事也會跟著想起，但我有足夠的時間整理自己的想法和心情。有別於忙著詢問他人的意見、沒有獨自思考時間的時候，我度過了全然屬於自己的時光。

充分度過那樣的時光後，我開始重新工作。過去在寫書時，如果有工作進來，我就會同時進行，但現在我會鄭重地拒絕。雖然正在趕稿，但晚上我還是會上網、看書或追劇。週末時則會把窗戶澈底敞開，讓植物呼吸清新空氣，而我也會到外頭透透氣。我，決定給自己時間。

K原創 012

就算忙盲茫　我決定給自己一點時間

作　者｜鴨子小姐
譯　者｜簡郁璇

出版者｜大田出版有限公司
　　　　台北市一〇四四五 中山北路二段二十六巷二號二樓
E－mail｜titan@morningstar.com.tw　http://www.titan3.com.tw
編輯部專線｜(02) 2562-1383　傳眞：(02) 2581-8761

總　編　輯｜莊培園
副總編輯｜蔡鳳儀
行政編輯｜鄭鈺澐
校　　對｜黃薇霓／黃素芬

初　刷｜二〇二一年三月一日　定價：三八〇元
三　刷｜二〇二三年八月三日

購書 E-mail｜service@morningstar.com.tw
網路書店｜http://www.morningstar.com.tw
TEL：04-2359-5819#212　FAX：04-2359-5493
郵政劃撥｜15060393（知己圖書股份有限公司）
印　刷｜上好印刷股份有限公司
國際書碼｜978-986-179-619-2　CIP：862.6/109020636

① 填回函雙重禮
　立即送購書優惠券
② 抽獎小禮物

國家圖書館出版品預行編目資料

就算忙盲茫　我決定給自己一點時間 /
鴨子小姐著；簡郁璇譯 .
——初版——臺北市：大田，2021.03
面；公分 . ——（K原創；012）

ISBN 978-986-179-619-2（平裝）

862.6　　　　　　　　　　109020636